教育部人文社会科学研究青年基金项目
"当代爱尔兰移民戏剧变迁研究（1964-2012）"
（编号18YJC752037）项目成果

爱尔兰当代戏剧中的移民主题变迁

向丁丁　著

广西师范大学出版社
·桂林·

图书在版编目（CIP）数据

爱尔兰当代戏剧中的移民主题变迁／向丁丁著.—桂林：广西师范大学出版社，2023.8
ISBN 978-7-5598-6324-9

Ⅰ.①爱…　Ⅱ.①向…　Ⅲ.①戏剧文学－文学研究－爱尔兰－现代　Ⅳ.①I562.073

中国国家版本馆 CIP 数据核字（2023）第 155857 号

爱尔兰当代戏剧中的移民主题变迁
AIERLAN DANGDAI XIJU ZHONG DE YIMIN ZHUTI BIANQIAN

出品人：刘广汉　　　　　　　策划编辑：杨仪宁
责任编辑：杨仪宁　　　　　　项目编辑：韦　莹
装帧设计：王鸣豪

广西师范大学出版社出版发行

（广西桂林市五里店路9号　　邮政编码：541004

网址：http://www.bbtpress.com）

出版人：黄轩庄

全国新华书店经销

销售热线：021-65200318　021-31260822-898

运河（唐山）印务有限公司印刷

（唐山市芦台经济开发区农业总公司三社区　邮政编码：063000）

开本：787 mm×1 168 mm　1/32

印张：7.5　　　　　　　　字数：150 千

2023 年 8 月第 1 版　　2023 年 8 月第 1 次印刷

定价：48.00 元

目 录
contents

前　言

去年仲夏时，爱尔兰当代剧作家马丁·麦克多纳（Martin McDonagh）的名剧《丽南山的美人》（*The Beauty Queen of Leenane*, 1996）"旅行"来到上海，由北京鼓楼西剧场的班底在上海国际戏剧邀请展上献演。《丽南山的美人》讲述了这样一个故事：爱尔兰西部康尼马拉山区一个小镇上，四十岁的单身女子莫琳被富有控制欲的母亲玛格捆缚在身边，老太太以谎言和欺骗拆散了女儿一生中最后一次罗曼史，也阻断了她跟随爱人远赴美国的旅程。莫琳在激愤中用滚油和火钳杀死了母亲，但当她最终跌坐在母亲的旧摇椅中时，似可预见地变成了下一个怨忿绝望的玛格。

剧中充满病态控制欲的母女关系是最显见的主题，也是《丽南山的美人》的跨文化演出中最能激起异国观众，尤其Z世代观众共鸣的议题。无论是此前的北京首演还是此番上海巡演，社交媒体上数百条观众评论无不围绕着这个关键词，深受感染的人们声称在其中看到以爱之名的控制、窒息和毁灭，并不吝分享构筑于个人经验的联想和反思。

然而《丽南山的美人》中其实埋藏了更多幽微深刻的意义，其中之一便是：在爱尔兰经验、爱尔兰意识或无意识中，离开故土、移民海外总是占据多么显著的位置！剧中莫琳和情人佩托的恋情始于送别佩托回乡省亲的"扬基佬"叔叔回美国的聚会上，两人之间永远无法送达的口信和情书总是发自英国建筑工地上的佩托，倘若那些要命的信件果真被莫琳收到，倘若她接受佩托邀她一同出走的请求，两人的命运便将汇入若干个世纪中数百万爱尔兰移民的命运——他们会涌入英国城市的工地或工厂，成为干着粗笨危险的活计、只能在下工的傍晚去低级小酒馆买醉的无名"爱尔兰佬"；或者远渡大洋，去"喜欢爱尔兰人"的美国试一试运气。佩托在舞台角落唯一的光束中朗读写给莫琳的信，讲述伦敦工地上同乡的横死，邀请莫琳与他一同奔赴波士顿的未知旅途，不自知的悲壮中勾勒出了失根的爱尔兰人一遍遍重复的命运轨迹。人们承认故乡翡翠岛在明信片上惊人的美丽，又坦承自己决不愿永远困囿此处。"不管怎样，这就是爱尔兰，人们总在离开。"剧中人似乎早已默认了这种命运。

《丽南山的美人》当然不是唯一一部暗涌着移民主题的爱尔兰戏剧。事实上，自爱尔兰拥有自己民族戏剧之始的19与20世纪之交到我们所处的当下，从爱尔兰戏剧运动发起者如

格雷戈里夫人（Lady Gregory）到当代爱尔兰戏剧的开创者
如布莱恩·弗里尔（Brian Friel）和汤姆·墨菲（Tom Murphy），
再到 20 世纪 50 年代出生的一代剧作家如玛丽·琼斯（Marie
Jones）、德莫特·博尔杰（Dermot Bolger），又至新生代戏剧家
如恩达·沃尔什（Enda Walsh），以及来自海外者如比西·阿迪
贡（Bisi Adigun），南北的爱尔兰舞台经历了对移民经验的一
代代书写和表演。那些横渡爱尔兰海去往英格兰，或者穿越大
西洋去往美国甚至更远的爱尔兰人——他们中的大多数并不
像肯尼迪家族一样创造过任何永难磨灭的辉煌，而只像托宾
（Colm Tóibín）小说《布鲁克林》（Brooklyn, 2009）中的女孩
一样湮没无闻，仅仅怀抱自己的微小叙事——但他们的身影
走进了祖国素以"照向国族生活之镜"而著称的剧场。剧场向
本土的观众也向海外的观众呈现这些男男女女的远行，呈现他
们离开故土的瞬间、流散于世界的症候，呈现他们回归家乡时
激起的涟漪，也呈现肤色、信仰、文化背景各异的外来者涌入
小岛、成为移民历史镜像反射的最新经验。

　　出走、流散、回归、流入，爱尔兰的移民史有着如此富有
戏剧性的变迁，而移民主题在这个国度的戏剧中同样发生着富
有深意的演变。戏剧如何观照移民现象，那些离乡背井的人物
如何观看自我、祖国和异乡，都深嵌于广阔的社会文化语境之

中。而爱尔兰从封闭保守、认同单一的德·瓦莱拉时代到拥抱欧洲和世界的勒马斯改革时代，又至国际化氛围极其浓厚的凯尔特之虎 ① 腾飞时代，社会文化语境又在以何等眩目的速度和鲜明的特征发生着变化！更加富有能动力量的是，戏剧作品从来不仅线性地反映所处历史时期的人文政治风貌，而且在不断拷问、修正和改变着其背后的认同观念和价值取向。当离别故土者从许多爱尔兰故事的背景变成一种爱尔兰故事本身，当他们的离去从被千篇一律地视作殖民史的惨痛后果变成凝视祖国内部而发出的批评，当他们在海外的漂流史和生存断面从暧昧的失声到终于进入岛国剧作家与观众的想象，当他们从异国带回的异质性经验和特征与本土爱尔兰性发生奇异的碰撞和融合，而更有新意地，当黑皮肤、黄皮肤的"新爱尔兰人"不仅出没于办公室、商店和酒吧等日常生活场景，而且终于走进剧场并与爱尔兰角色发生浪漫爱情、激烈冲突或共情理解，不仅是"移民"主题在岛国的剧场中发生了一轮又一轮更迭、丰富和变形，戏剧文学和表演话语亦已在无数的维度上形塑着爱尔兰的多元文化和文化间认同。

　　这个复杂、有机的戏剧主题演变史显然是值得研究的，而

---

① "凯尔特之虎"（Celtic Tiger）一词由爱尔兰经济学家加德纳（Kevin Gardiner）首次提出，指爱尔兰开始于 20 世纪 90 年代早期、结束于 21 世纪第一个十年的经济腾飞期。

本书所致力进行的工作正在于此。在接下来的四个章节中，本研究将以主题演变为序，梳理当代爱尔兰戏剧对移民出走与流散、回归与流入这四种经验的书写和表演。这种划分自然是过分笼统的，因为每一种经验中都会有更加细微精妙的分支和变种。但这种划分又是必要的，它让我们在一个相对明晰的脉络框架中观察"移民"这一承载着太多情感重负的议题在爱尔兰剧场棱镜中历时的折射。曾有人断言，爱尔兰人有一种天生的流浪癖（wanderlust），所以爱尔兰岛自古便因人口流出而有名。而当我们完成本研究力图呈现的剧场历时版图之后，将终于能够拆解这个古怪名词所遮掩的更加广阔的历史、信仰、文化、权力和情感，而停止将一国人民的境遇归于一种浪漫化的性格嗜好。爱尔兰的当代剧场对移民群像的历时塑造，对出走动因和离散症候的细腻表现，对颠覆性人口潮流的接纳书写，并非任何一个轻描淡写或过分诗化的名词所能概括。

这一爱尔兰当代戏剧中移民主题变迁史的研究是构筑于国内外学者前辈已进行的研究基础之上的。相较于爱尔兰移民现象的社会学和经济学研究，文学研究开始较晚且尚不充分。沃德（Patrick Ward, 2002）是较早研究爱尔兰书写中移民输出经验的学者之一，他明确了外移或流亡作为该国文学中一个独特主题的地位。特罗特（Mary Trotter, 2003）提出了移民主题在民族主义意识形态下的含义，指其往往将外移等同于殖民放逐和精神孤立，实则固化了封闭的本质主义爱尔兰认同。奥图尔（Fintan O'Toole, 1997）则提出，对移民流出和回归主题的书写一方面确认了以地域为界的传统爱尔兰认同，另一方面悄然开启了以人口流动为坐标的开放式认同。关于移民输入的新戏剧研究，继金（Jason King, 2005）首次发表论述多元文化现象之戏剧呈现的论文，及萨利斯（Loredana Salis, 2010）发表解读爱尔兰戏剧舞台上移民他者的著述之后，近期开始较为集中地出现重要的专著或编著。通过研究本土作家作品，维勒-阿尔盖伊斯（Pilar Villar-Argáiz, 2013）认为移民输入文学的繁盛代表了后民族主义时代的开启，指其构成与移民他者发生接触的多元主义文学场。麦基弗与斯潘格勒（Charlotte McIvor, Matthew Spangler, 2014）在汇编代表性移民输入戏剧及剧场史料后，提出以"文化间"理论范式取代多元文化理论范式，认为戏剧构成了文化主体间互动、边缘身份主流化、认同话语去本质化的平台。在对新移民作家作品的表演研究基础上，麦基弗（2016）进一步指出，移民输入戏剧的"文化间性"处于美学与社会政治实践的交叉地带，能对文化与政治生活产生干预和影响。从研究趋势上来说，逐渐成熟起来的"文化间"理论与传统的后殖民理论、认同理论一道，构成了目前移民主题戏剧研究的主流范式。研究者多以跨民族和全球化为语境，考量移民主题戏剧对爱尔兰认同的改变与拓宽。在国内学界，李成坚教授的专著《当代爱尔兰戏剧研究》(2015)中细致介绍了弗里尔、墨菲和琼斯等本土作家涉及移民输出和回归等主题的戏剧作品。李元教授的专著《20世纪爱尔兰戏剧史》(2019)中更对凯尔特之虎时期多元戏剧景象做了深入论述。在借鉴吸收前人研究的基础上，本书在研究对象上进一步聚焦，力图勾勒爱尔兰当代戏剧中"移民"主题的历史变迁。

这项变迁史的勾勒植根于对大量作家作品的创作叙述和批评阐释，而我亦试图将它们恰当地嵌入社会变革的网络中，呈现戏剧发展与深层文化语境之间的内在关联。这并非一项容易的工程，但定是一场愉悦的旅行——它能让我们读懂丽南山美人——以及几百个和她一样挣扎于留守和出走的爱尔兰人物——的哀愁、困惑和渴望。

本书是教育部人文社会科学研究青年基金项目"当代爱尔兰移民戏剧变迁研究（1964–2012）"（编号18YJC752037）的研究成果。本书的出版亦受到复旦大学外文学院大学英语教学部专著出版资助项目的支持。在此一并致谢！

向丁丁

2023年3月20日于上海

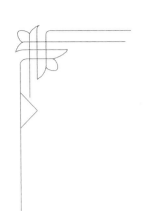
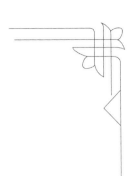

第 *1* 章

出 走

在遥远的康尼马拉 / 隔着深深的蓝色海洋 /
你可听见可怜的老母亲呼唤我的名字 / 如果你去
康尼马拉 / 会看见一座石灰小屋 / 我那可怜的老
母亲在那里等候我的归期

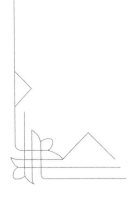
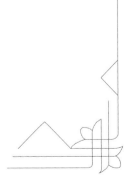

概述：从受害者的"流放"到批评者的"出走"

大西洋边缘的岛国爱尔兰拥有诸多美妙别称——翡翠岛（the Emerald Island）、海伯尼亚（Hibernia）和精灵国（the Kingdom of Fairies）。然而在这些充满想象力的名字所歌唱的纯净地貌和神话传统之外，小岛的胸膛还划刻着一道苦痛的伤痕，那便是漫长历史中绵延不断的人口外流。这个目前本岛人口才逾五百万的小国，自1800年以来竟已流失千万人口。最具创伤性的高峰出现于19世纪40年代后期，一场大饥荒（the Great Famine）令百万人口死于饥馑，百万人口离开国境；而尚不遥远的"失落十年"（the Lost Decade）20世纪50年代亦目送超过15%的人口去往异乡①。文化史学者沃德这样描述爱尔兰经验中此一剖面，"自6世纪时圣科伦巴的自我放逐起，向外移民便从未间断；其持续时间之长、影响程度之深，皆使背井离乡、移居海外成为爱尔兰生活的重要

---

① Glynn, Irial. *Irish Emigration History*, University College Cork, 2012. https://www.ucc.ie/en/emigre/history/, accessed Jan. 2nd, 2023.

特征"①。

离别与漂流是"爱尔兰心灵和头脑所熟悉的经验"②，是口头传统中无数民谣小调吟唱的创痛与乡愁。背向岛屿启航时，爱尔兰的男男女女便进入几个世纪以来渐成传统的流浪叙事："别离了长满三叶草和欧石楠的故乡 / 为了生存 / 我不停流浪"（民谣《来自梅奥郡的男孩》，*The Boys from the County Mayo* ）；抵达异国和未知的命运时，他们即加入庞大的爱尔兰流散社群，加入对"亲爱的老爱尔兰"(dear old Ireland) 浪漫化的追缅："在遥远的康尼马拉 / 隔着深深的蓝色海洋 / 你可听见可怜的老母亲呼唤我的名字 / 如果你去康尼马拉 / 会看见一座石灰小屋 / 我那可怜的老母亲在那里等候我的归期"（民谣《在遥远的康尼马拉》，*Far Away in Connemara* ）。

很自然地，自 20 世纪初岛国拥有自己的戏剧以来，这些爱尔兰男女的远行也成为戏剧故事常见的背景底色。从爱尔兰戏剧运动中的本土喜剧如格雷戈里夫人的《二十五》(*Twenty Five*, 1903)，到 20 世纪前期流行的农民剧如帕德里

① Ward, Patrick. *Exile, Emigration and Irish Writing*, Dublin: Irish Academic Press, 2002, p. 3.

② Sternlicht, Sanford. *Modern Irish Drama: W. B. Yeats to Marina Carr*, second edition, Syracuse: Syracuse University Press, 2010, p. 30.

克·科拉姆（Padraic Colum）的《土地》（*The Land*, 1905）、乔治·菲茨莫里斯（George Fitzmaurice）的《乡村裁缝》（*The Country Dressmaker*, 1907），及至四五十年代田园爱尔兰的缅怀者如莫洛伊（M. J. Molloy）的《老路》（*The Old Road*, 1943），舞台上的爱尔兰故事往往发生于离乡者留下或隐或显印记的乡野村镇。

　　然而纵观 20 世纪初至中叶的爱尔兰戏剧，又会令人惊讶地发现其中如何缺乏对移民经验的直接书写。研究者玛丽·特罗特认为，此时的剧作家"更热衷于塑造岛内三十二郡的爱尔兰生活意象，而鲜有兴趣呈现移民群体的漂流生存"。即使偶有触及，在一些剧作中，这些漂流者也往往被简单地类型化为无奈离乡的流亡之人（exiles），而流亡的原因则几乎从来不外英国殖民统治和英—爱地主阶级压迫下的苦难、饥饿和贫穷；在另一些剧作中，人物离开家园则被呈现为一种对祖国的背弃，或一个亟待纠正的社会问题。①

　　无论暧昧的缺席还是刻板的归类，皆与 20 世纪上半叶爱尔兰剧场所信奉并力图塑造的爱尔兰身份相关。如爱尔兰文学剧社（Irish Literary Theatre）著名的成立宣言所说，此时

---

① Trotter, Mary. "Re-Imagining the Emigrant/Exile in Contemporary Irish Drama", in *Modern Drama*, 2003, Vol. 46:1, pp. 35–38.

饱含民族主义热情的戏剧运动者的愿景乃是创作和上演真正的"凯尔特和爱尔兰戏剧"，打破此前英国舞台对爱尔兰的贬损与矮化，宣示爱尔兰乃是"一种古老理想主义的家园"。① 这种理想主义中包含一个基本的前提，那便是存在一种纯正而恒定的爱尔兰和爱尔兰身份。而在岛国的传统语境中，这种身份植根于国境以内，紧系于本国土地风物，是以"土地、民族主义和天主教信仰"三种要素而划成的封闭之地。② 艰难可畏的海上航行令许多爱尔兰人的离开成为永不回还的旅程，而故乡的人们为远行者举行类似葬礼的"美国守灵夜"（American Wake）之后，爱尔兰的流散者便已成为一个与家园纵有千丝万缕情感联系，但亦有清晰边界的群体了。

社会学家希克曼（Mary J. Hickman）甚至认为，"在爱尔兰，历史上便有一种对流散现象的否认（an historical denial of diaspora）"或"与流散群体脱离关系（disowning of the diaspora）的心理"。③ 一方面，从留居岛内因此"天然"

---

① Gregory, Lady Augusta Gregory. *Our Irish Theatre: A Chapter of Autobiography*, illustrated edition, Dodo Press, 2008, pp. 4–5.
② Cockery, Daniel. *Synge and Anglo-Irish Literature*, Cork: Cork University Press, 1931, p. 19.
③ Hickman, Mary J. "'Locating' the Irish Diaspora", in *Irish Journal of Sociology*, 2002, vol. 11: 2, p. 16, p. 18.

获得纯正爱尔兰身份之人的视角，离开故土的同胞是即将被遗忘和疏远的一群人，是终将褪去爱尔兰身份的一群人，是爱尔兰想象不再包含的一群人。另一方面，从小岛漂流者的视角，离开故土的时刻便是被放逐、排除和边缘化的时刻。此时的移民往往需要自辩，离开故土既非出自自愿，也非出于野心，而是不得不走、无法自决；甚至"侨民"（expatriates）也是被抗拒的名词，因为那会暗含背叛故乡的污名，他们更愿称自己是被迫"流亡"之人。① 他们的经验仿佛注解着萨义德（Edward W. Said）在《流亡的反思》（*Reflections on Exile*）中关于离乡经验的阐释："流亡是强加于人与故土之间、自我与真正家园之间无可弥合的裂缝。其间本质的哀伤永远无法克服。"②

此种逻辑下，人们纵能感受和哀悼离乡者背影中失落的伤痛和断裂的联结，却长久地把这个漂泊的人群边缘化于爱尔兰身份想象的界限之外，对他们的叙述终止于离开海岸线的一刻，对他们的感伤怀念则纳入被殖民者受害叙事的一层。剧作家 J. B. 基恩（J. B. Keane）曾充满感情地描述 20 世纪 50 年

① Costello, Peter. *The Heart Grown Brutal: The Irish Revolution in Literature from Parnell to the Death of Yeats, 1891–1939*, Dublin: Gill & MacMillan, 1978, p. 246.

② Said, Edward. *Reflections on Exile and Other Essays*, 2nd edition, Cambridge, MA: Harvard University Press, 2001, p. 173.

代他在海外遇见的爱尔兰西部劳工："这是一群自豪、坚忍的人，他们遭受生活的种种打击而能泰然处之，甚至微笑着准备迎接更多……他们往往单身，多年未曾回到故乡。许多人并不识字，却见多识广，善于作伴……他们有自己的诗人，也有自己的处世之道。"[1] 然而在长达半个世纪的时光里，如此这般的飘散者却鲜有爱尔兰戏剧的正面呈现。原因或许恰在于，在以"土地、民族主义和天主教信仰"为准绳的古老小岛，他们的远离已经让自己失去了与爱尔兰身份的"合法"联结。

　　然而离乡者与祖国之间的裂缝果真不可弥合，也无法产生"流放"之外的意义吗？他们注定被永远排斥于爱尔兰的想象之外吗？自戏剧史研究界公认为爱尔兰当代戏剧开端的20 世纪 60 年代早期始[2]，横跨被文化评论家奥图尔称为"爱尔兰第二次戏剧复兴"（a Second Revival）[3] 的 60—70 年代末，以布莱恩·弗里尔、汤姆·墨菲、J. B. 基恩、托马斯·基尔

---

[1]　Keane, John B. *Self-portrait*, Cork: The Mercier Press, 1964, p. 64.

[2]　见李成坚，《当代爱尔兰戏剧研究》，成都：四川人民出版社，2015 年，第 1—3 页。参见 Roche, Anthony. *Contemporary Irish Drama*, second edition, Palgrave MacMillan, 2009, p. 2。亦见 Pine, Richard. *Brian Friel and Ireland's Drama*, London and New York: Routledge, 1990, p. 1。

[3]　O'Toole, Fintan. "Irish Theatre: The State of the Art", in Jordan, Eamonn. ed., *Theatre Stuff: Critical Essays on Contemporary Irish Theatre*, Dublin: Carysfort Press, 2009, p. 48.

罗伊（Thomas Kilroy）和休·伦纳德（Hugh Leonard）为关键人物的新一代剧作家开始跳出陈旧的民族主义话语和受害者叙事，以一种更加诚恳和个人化的态度面对创痛的移民史及其在当下的延续。

在这一代剧作家的作品中，爱尔兰男女的远行不再仅仅充当任何更加"本质化"的爱尔兰故事的背景底色，而是成为一种爱尔兰故事本身。他们的人物不再是无法自主的被放逐者，而是清醒的思考者和抉择者。其中有拒绝继承父亲小产业的儿子（《费城，我来了！》，*Philadelphia, Here I Come!*，1964），有揭露村庄宗族势力罪恶秘密的少年（《牧场》，*The Field*，1965），有逃离小镇保守窒息氛围的青年（《杂货铺伙计一生中的关键一周》，*A Crucial Week in the Life of a Grocer's Assistant*，1969），也有决意作别无知和空虚精神氛围的年轻作家（《爸爸》，*Da*，1973）。这些剧作细致地体察移居者本身所面对的复杂撕扯和重重困境，以近镜头表现他们内心的负疚与野心之间的冲突、对家园的眷念和对自由的向往之间的角力。

更具有标志性的是，此时的爱尔兰戏剧往往聚焦于人物决定出走或短暂回乡的瞬间。在漂流者停留于故乡土地的最具张力的戏剧时间内，透过移民所特有的双重视野打量故乡，从这片久被神秘化和浪漫化的土地内部追问令她的儿女远走的原因。在民族主义领袖埃蒙·德·瓦莱拉（Eamonn de Valera）终于离开政坛的 20 世纪 60 年代，在艺术审查制度逐渐松动的黎明熹光间，在岛国的文化氛围终于有所松动和开放的开端，这样的打量开始变得可能。①

这一代剧作家是具有反思和颠覆精神的一代，他们被称作"怀疑论的信仰者、不轻信的爱国者、不情愿的农夫和本地的世界主义者"②。在他们笔下人物的打量中，舞台上的爱尔兰开始暴露它在后殖民时代的种种问题和失败。决心出走的爱尔兰人并非迫于饥饿或死亡不得不走，而是在祖国保守农业社会的"停滞、贫穷和沉闷"与英美现代工商资本主义社会的"明亮灯光和大笔钞票"之间选择了后者。③此时的舞台上，这些失望而后选择离开的瞬间是如此频繁地出现，它们实际上形成一股合力，承担起对后殖民时代爱尔兰社会

---

① 见 Lonergan, Patrick. *Irish Drama and Theatre since 1950*, London: Methuen Drama, 2019, p. 76。亦见 Roche, Anthony. "Brian Friel and Tom Murphy: Forms of Exile", in Grene, Nicholas and Chris Morash, eds., *The Oxford Handbook of Modern Irish Theatre*, Oxford: Oxford University Press, 2016, p. 323。

② Kilroy, Thomas. "A Generation of Playwrights", in Jordan, Eamonn. ed., *Theatre Stuff: Critical Essays on Contemporary Irish Theatre*, p. 3.

③ O'Toole, Fintan. "Introduction", in Tom Murphy, *Tom Murphy Plays 4*, London: Methuen Drama, 1997, pp. ix–x.

的种种批评。移民的主题开始脱离历史上的受害心态，而更多地凝视爱尔兰的内里，融入了与渐陷僵死的过往相决裂的情感，也孵化着更新与自由的欲望。

这些聚焦于"出走瞬间"的移民主题戏剧对爱尔兰社会的批评是现实主义且维度丰富的。剧场之外，年轻的共和国沉醉于狭隘民族主义的梦想，闭国自给而拒绝开放，自喜于落后的农业经济，沉溺于天主教正统道德和社会教义而疏于关注民生与福利。① 剧场之内，决意离乡的人物恰恰多是此种落后生态下的失望青年。《费城，我来了！》中的加尔（Gar）是父亲所开乡村传统杂货店的唯一雇员，这类小农经济的附庸商店自限于相熟的邻里和有限的流通，不求扩张也毫无野心。加尔微薄的薪水和可怜的自主权与商店本身的凋敝共同构成阴影——在德·瓦莱拉政府推崇的农业经济陷入困局的 20 世纪 50 年代，小镇青年若不背起行囊远走异国，在蓬勃发展的工商业经济中寻求一席之地，似就只能等待在另一位戏剧家托马斯·基尔罗伊自述中所说的"一穷二白的社会"（a cashless society）② 中蹉跎一生。同样苟延残喘的乡村

---

① 罗伯特·基，《爱尔兰史》，潘兴明译，上海：东方出版中心，2010 年，第 262 页。

② Kilroy, Thomas. "A Generation of Playwrights", p. 1.

小店的意象还出现于《呢喃林》(*The Wood of the Whispering*, 1953)和《杂货铺伙计一生中的关键一周》等剧作中，落后经济形态对世纪中叶爱尔兰青年的压迫、与此种日暮模式一同走向衰竭的恐惧，是驱使剧中人远走他乡最重要的因素。

　　与此相应，农业社会中盘根错节的宗族结构及与之相伴的暴力传统也是此时剧场中出走者所想挣脱的枷锁。基恩的《牧场》中，老农"公牛"(Bull)为强占四公顷沿河沃野充当牧场而将前来购置土地的工厂主威廉(William)残忍杀害，整个村庄以部落法则包庇掩盖骇人的罪行，只有少年李米(Leamy)为此感到羞耻并萌生去意，以免自己也终究"成为跟他们一样的人"[1]。墨菲《黑暗中的哨声》(*A Whistle in the Dark*, 1961)和弗里尔《内在之敌》(*The Enemy Within*, 1962)中的出走者——20世纪50年代的梅奥郡工人迈克尔(Michael)和更具象征意义的6世纪修道者科伦巴(Columba)——亦是逃离同样的部落历史遗产而行。

　　此时爱尔兰社会普遍蔓延的"文化与精神荒芜"(cultural and intellectual aridity)[2]是人物远行的另一动因。构筑于对立

---

①　Keane, John. B. *The Field*, Cork: Mercier Press, 1991, pp. 73–74.

②　Etherton, Michael. *Contemporary Irish Dramatists*, New York: St. Martin's Press, 1989, p. 64.

与仇恨的狭隘民族主义信仰开始显得陈腐而无益——伦纳德的《爸爸》（Da，1973）中，老人喋喋不休述说的战争和吹嘘的神话早已与日常生活失去联系而令人厌倦。在弗里尔《费城，我来了！》和墨菲《杂货铺伙计一生中的关键一周》中，无处不在却又庸钝无能的牧师形象则暗示着天主教信仰的摇摇欲坠。而民族主义和天主教信仰曾是爱尔兰人在20世纪上半叶最依赖的精神支柱。剧中的远行人开始怀疑故乡的长者和牧师将外界比作罪恶之巢的修辞，怀疑其中隐藏对自身失败的掩盖，以及对他人自由追求的阻拦。被压抑过久的生命力和热望十分自然地指向一个出口——幽闭可怖小岛之外的广阔天地。

02
开端：《费城，我来了！》

文学评论家派因（Richard Pine）曾热诚而肯定地断言，1964年《费城，我来了！》（以下简称《费城》）一剧的首演意味着爱尔兰戏剧当代史的开端，也标志着剧作家弗里尔成为"当代爱尔兰戏剧之父"①。表面看来,这部剧作布景于昏暗简陋的村舍厨房,穿行其间的也无非是年迈父亲、青年儿子、快嘴女仆、教区牧师等类型人物——与此前数十年中爱尔兰舞台上充满地方风味的农民剧似乎并无二致。然而事实上,这部剧作中涌动的恰是对此种地方趣味和狭隘视角的反叛,以及更进一层,对 20 世纪中叶爱尔兰社会的批评;而反叛和批评正是发生于对移民经验——或者不如说人物决意离开故土的瞬间——直接而深刻的呈现。

《费城》讲述小镇青年加尔远赴美国前最后一夜发生的故事。弗里尔以现代主义手法将加尔一人分为两角——表达其外在行动的"公共加尔"(Public Gar)和内心活动的"私人加尔"(Private Gar),极为细腻地刻画了这位离乡者在乡愁、绝望和野心之间的矛盾处境。如果说弗里尔早先作品《内在之敌》中 6 世纪的自我放逐者圣人科伦巴曾直白地表露自己对故土的眷恋,"可是内心的我呵——我的灵魂——却永远缠绕于爱尔兰绿茵遍野的大地上"②,那么《费城》中 20 世纪 60 年代青年的乡愁则是隐晦的,他更加直接地表达着对远渡重

---

① Pine, Richard. "Brian Friel and Contemporary Irish Drama", *Colby Quarterly*, vol. 27, issue 4, 1991, p. 190.

② Friel, Brian. *The Enemy Within*, Loughcrew: The Gallery Press, 1992, p. 21.

洋的兴奋，并以近乎浮夸的语言宣示对故乡的厌腻。他怒斥故乡是"污糟的沼泽、无澜的死水、一条死胡同！身处其中的人迟早都会发疯，无人幸免！"①

这位陷于复杂情绪中的青年是乡村店主肖恩（S.B.）的独子，也是他唯一的雇员。这是农业社会的一家典型小店：开在自家住宅，面向附近乡邻，售卖不加分类的小杂货，规模和面目几十年来从无变化。像爱尔兰乡间类似的家族小产业一样，父亲是这里的唯一权威，他定夺大小一切事务，而儿子仅能从他手中获得不够自立的微薄薪水。也像其时爱尔兰乡间的传统商业正在经历的危机一样，这家商店也开始笼罩于过时和滞销的阴影。这一夜，"公共加尔"如平常一样顺从地完成父亲安排的种种商店事务，而"私人加尔"则陷入了兴奋和愤怒的混杂，他祝贺自己终于将要"摆脱父亲和他那臭烘烘的破杂货店"②，并以老人无法听见的声音痛斥自家——或爱尔兰社会的一个典型样本——当中畸形的经济关系："我就要永远离开你了，而你知道我为什么要走！……因为我已经二十五岁，而你却像对待一个五岁小孩一样对待

① Friel, Brian. *Philadelphia, Here I Come!*, in *Brian Friel: Plays 1*, London: Faber and Faber, 1996, p. 79.

② Ibid., p. 33.

我——你不点头，我连半打面包都不能订；也因为你给我的工钱比女仆还低！"[1]

加尔所想摆脱的"臭烘烘的破杂货店"是爱尔兰传统经济的缩影。它牢系于土地，局限于狭小的村落共同体；它以家族传承而绑缚年轻人，并因此推迟着他们在社会意义上的成年。[2]它代表德·瓦莱拉式的乡村自足理想，然而在世纪中叶周围世界风起云涌的现代化浪潮中，这种理想不仅陷入过时的困境，更已成对这个国度的青年们"彻头彻尾的压迫"[3]；它所代表的重复性和黯淡前途本身便蕴含着巨大的困惑与痛苦。

《费城》中，这种困惑和痛苦已经难以在传统的精神出口中得到纾解。如果说爱尔兰人曾长久依赖天主教会所提供的规训和宽慰，那么《费城》则袒露了这种精神力量的失效。教士奥伯恩（Canon Mick O'Byrne）每晚照例来拜访肖恩，但两人只是重复着不变的棋局，进行着毫无意义的对话。"私人加尔"绝望地哀悼着天主教"温暖、善良、柔软、同情"

① Friel, Brian. *Philadelphia, Here I Come!*, p. 49.
② 在爱尔兰农业社会，这是由来已久且根深蒂固的现象。父亲对土地等生产资料的占有意味着他们往往直至年迈体衰才将其给予长子，因此长子往往年纪甚大才能成家立业，而次生子女更无望继承，只能早早离家谋生。见Luppi, Fabio. *Fathers and Sons at the Abbey Theatre 1904–1938*, Irvine: Brown Walker, 2018, p. 40。
③ Kiberd, Declan. "Inventing Irelands", in *The Crane Bag*, vol. 8 (1), 1984, p. 13.

在此刻的失落，控诉教义已经渐渐脱离了时代的语境而变得空洞，教士再也无法把"我们正在经历的孤独、挣扎、可怕的荒诞翻译成现有的名词"，生活不再因为经过经文和祷告的折射而变得"尚堪忍受"。①

非但如此，这一夜中加尔告别的其他人物也一一展示着各个令人绝望的爱尔兰生活侧面。他信任的学校教师博伊尔先生（Master Boyle）沉溺于酒精麻醉、愤世嫉俗和拙劣诗艺；他深爱的女友凯特（Kate Doogan）选择了同属天主教中产阶级的医生而背弃与他的婚约；他一同厮混的朋友与此时成千上万的小镇青年一样既无工作也无希望，他们假充"忙忙碌碌、目标明确"②，实则困囿于这种生活的反面。盘桓于这些人物头顶，也弥漫于巴里贝格小镇，以及它所代表的世纪中叶爱尔兰的沉闷、沮丧和绝望，正是加尔决意离开故乡的真正原因，而非过往的文学评论曾主要聚焦于加尔与父亲的情感交流困局③。剧作家在一次访谈中坦承："即使他那不善言辞的父亲在关键时刻回应了他的爱意，也只会令儿子推

① Friel, Brian. *Philadelphia, Here I Come!*, p. 88.

② Ibid., p. 68.

③ 见 Higgins, Geraldine. *Brian Friel*, Horndon: Northcote House, 2010, pp. 9–10。亦见 Coult, Tony. *About Friel: The Playwright and the Work*, London: Faber and Faber, 2006, p. 35。

迟出行的日期罢了。他非走不可。"①

　　《费城》是弗里尔 1963 年赴美国加斯里剧院（Guthrie Theatre）短访后写就的作品。剧作家将那次旅行称为自己"走出封闭自守、幽闭恐怖的爱尔兰的第一场假释"，而这场"假释"给予他的"珍贵自信"和"必要视角"成为《费城》诞生的要因。② 的确，剧中加尔的移民目的地美国几乎是作为爱尔兰的反面存在的。加尔迫不及待地想要告别自己出生的国度，告别一系列多愁善感、充满民族主义浪漫化色彩的意象："麻鹬和沙锥鸟的乐园、阿兰群岛手织毛衣和爱尔兰彩票"；而奔赴"崇尚纯粹物质主义的世俗异教之国"。③ 他急于摆脱"父与子那一套胡言、家园故土那一番感伤兮兮的废话"，而追寻美国的现代社会所许诺的"瞬息万变和隐姓匿名"（impermanence and anonymity）。④ 世纪中叶的爱尔兰青年开始怀疑共和政府和天主教会一同编织、长久播撒的话语，

① Friel, Brian. "In Interview with Peter Lennon" (1964), in Murray, Christopher. ed., *Brian Friel Essays, Diaries, Interviews: 1964–1999*, London: Faber and Faber, 1999, p. 2.

② Friel, Brian. "Self-Portrait: Brian Friel Talks about His Life and Work" (1971), in Delaney, Paul. ed., *Brian Friel in Conversation*, Ann Arbor: University of Michigan Press, 2000, p. 104.

③ Friel, Brian. *Philadelphia, Here I Come!*, p. 32.

④ Ibid., p. 79.

告别盲信和服从，重新伸展个人主义的野心，并决定不再为此感到羞耻。家乡的人物群像向移民者展示的无非是一系列贫瘠可悲的可能性，而美国承载着爱尔兰青年关于现代性的梦想：加尔梦想着抵达美国后成为连锁酒店经理、卡车司机兄弟会主席，甚至就读夜校，成为医生或者律师，而这一切上升的轨道皆是世纪中叶的爱尔兰所难以赋予年轻人的机遇。

剧作家弗里尔本是一个"安土重迁之人，对土地怀有深情"①，他一生从未长期居住在海外。但在这部他自己定位为"愤怒的戏剧"②中，巴里贝格小镇被塑造得如此贫瘠、沉闷而令人窒息。评论家奥布莱恩（George O'Brien）敏锐地总结道，这个小镇"偏居一隅、气质平庸，总是唤起人们自我流放的愿望"③。而《费城》中的青年正是决绝地选择了这样的自我流放。此刻的舞台祖露出无可辩解的绝望和野心，这种氛围代替传统的叙事，开始注解爱尔兰人离乡的动因。在自述散文《希望的剧场和绝望的剧场》（"The Theatre of Hope and Despair", 1967）中，弗里尔这样描述自己的心迹，他并不相信，也无意"向人们宣扬在美国和欧共体的所谓伟大社

---

① Higgins, Geraldine. *Brian Friel*, p. 3.
② Friel, Brian. "In Interview with Peter Lennon" (1964), p. 3.
③ O'Brien, George. *Brian Friel*, Dublin: Gill & Macmillan, 1989, p. 122.

会中获得即刻生效的拯救，"而是不愿放弃以剧作家的身份
"对自己所处的跛足残缺的文明宣战"。①

在宣战者搭建的舞台上，人物的出走已非 19 世纪饥荒
时代"与死亡并列的一个选择"，也不再仅具萨义德所说"无
可弥合的裂缝"或"本质的哀伤"之况味，而在更大程度上
象征着对陈腐、停滞、了无生机的传统爱尔兰的反叛与诀离。
这个社会过久地沾沾自喜于狭隘民族主义理想，搁浅于农业
社会的田园幻境，它无法养活也无法维持自己的人口。那么
当舞台开始调动它的观众，凝视人物诀离故土的瞬间，一种
广阔的社会批评便徐徐启幕了。

◹ 03
群像:《内在之敌》、《牧场》、《杂货铺伙计一生中的关键一周》和《爸爸》

《费城》并非 20 世纪六七十年代舞台上唯一直面移民主

---

① Friel, Brian. "The Theatre of Hope and Despair", in Murray, Christopher. ed., *Brian Friel Essays, Diaries, Interviews: 1964–1999*, p. 23.

题并借此发出社会批评之声的剧作。更早先时候，弗里尔已借重访 6 世纪圣人科伦巴的行迹，发出了颇有借古讽今意味的先声。在这部名为《内在之敌》的剧作中，伟大的爱尔兰修道者科伦巴已将自己放逐于苏格兰的孤寂海岸，在朴素宁静的修道院中潜修。但他的精神追求屡屡被故乡来客扰乱，后者一次次以家族之名诱逼他回到爱尔兰，卷入一场场以宗教或世俗为名的战争和屠杀。修道者在巨大的空虚和悔恨中醒悟，他决定斩断与故乡以及故乡的宗派对立传统的最后联系，"成为一个真正的流放者"[1]。弗里尔自述该剧的写作缘起于一种好奇："我想弄清他是如何获得神性的，此处的神性乃是指一个人性情全然正直，且拥有巨大的勇气以撑起这样的正直。"他的发现令人震惊，"靠的是转过身去，离开爱尔兰，离开他的家族"。[2]

　　同样感到唯有"转身"和"离开"才能维护个人品格的还有基恩剧作《牧场》中的乡村少年李米。李米是爱尔兰西部一个小村庄中的酒馆老板兼拍卖人米克（Mick）之子。这位躲在吧台挡板后的小小少年耳闻目睹了村庄里发生的骇人

---

[1]　Friel, Brian. *The Enemy Within*, p. 76.

[2]　转引自 Lenon, Peter. "Playwright of the Western World", in Delaney, Paul. ed., *Brian Friel in Conversation*, p. 22。

事件：老农"公牛"及其子胁迫米克操纵一位老寡妇的土地拍卖，欲以低价将其占为己有。当年轻的外来工厂主威廉来到村庄并准备以正当程序参与竞价拍卖，这对父子暗夜埋伏于他的必经之途，以残忍野蛮的手段将其谋杀。事后面对警察的调查和牧师的诘问，整个村庄保持了狡黠的沉默，以宗族法则包庇了血腥的罪行。李米想要向警方告发，但被母亲极力劝止。

这位少年所目睹的实为 20 世纪中叶爱尔兰经济生产方式的艰难更迭，及其在部落式宗族社会中遭遇的巨大阻力。行凶者"公牛"延续民族主义叙事下爱尔兰人对土地和故乡风物的深情，将那四公顷牧场描述为他所熟知的三叶草、紫蓟和山楂之地，并宣称在此处铺倒水泥、埋住这许多代表乡土传统的植物、埋住农民的"血与汗"乃是不可容忍的"罪过"。① 他的行为和说辞代表了根深蒂固的农耕社会对工业生产方式的抵抗和阻挡，而这又是倚仗农业社会中盘根错节的宗族势力完成的。

少年李米也许并不理解这桩被掩盖的谋杀案背后的深意，但他以质朴的正义感怀疑村庄中盛行的保守和罪恶，想要追

---

① Keane, John. B. *The Field*, p. 31, p. 53, p. 59.

随心目中唯一一位正直却被村庄排挤的告发者去往英格兰，因为"我想要与他们不同"①。这位少年的自我流放困难重重：与《费城》中的"私人加尔"一样，他也被对母亲的眷念牵引；但又与《内在之敌》中的科伦巴一样，他感到离开此地是维护自身品格的唯一途径。剧末，李米仍困于一种犹豫不决的状态：远走高飞，或是继续充当父亲的酒吧里合群的一员？无论如何，一种对出身之地的批评已经萌发，一种远行的愿望已经萌芽。

与李米一样陷入抉择困境的还有《杂货铺伙计一生中的关键一周》中的主角乔（John Joe）。这位优柔寡断的年轻人是一个掘墓人的儿子。与他父亲的职业所暗示的一样，他们所生活的小镇气氛"阴森如墓"（sepulchral）②，人们在世袭的贫穷中觊觎邻人卑微的财产，一边鼓吹清贫为爱尔兰生活的光荣徽章，"那些手握金银之徒与我们有何干系？何曾有过关系？让他们去买牙膏和香膏吧，让他们迈着干干净净的长腿去恋爱吧！我们只管用煤灰刷牙，就像几百年来一直的那样！"③

---

① Keane, John. B. *The Field*, p. 73.

② Gleitman, Claire. "Clever Blokes and Thick Lads: The Collapsing Tribe in Tom Murphy's *A Whistle in the Dark*", in *Modern Drama*, 1999, Vol. 42 (3), p. 315.

③ Murphy, Tom. *A Crucial Week in the Life of a Grocer's Assistant*, in *Tom Murphy Plays 4*, London: Metheun Drama, 1997, p. 94.

一边却又暗地设计将亲兄弟的商店据为己有。他们抱持着老旧的道德标准，孜孜不倦地打探别人的家长里短，喋喋不休地议论未婚姑娘的品行、老单身汉的秘密。欲走的叛逆者乔这样描述自己的家乡："这个小镇就像一片坟场，嗜脓的僵尸四处行走，肥胖的蛆虫从一具尸体跳到下一具上。"[①]在他眼中，家乡的人们"活得如同猪豕，在这样的生活中竟然感到快乐甚至骄傲……穷吃穷、嫉妒、暗箭、伪善，像 19 世纪的旧态一样涎水泗流，令彼此窒息"[②]。

乔对家乡的痛斥折射着剧作家墨菲对其时爱尔兰压抑、保守、扭曲的精神氛围的批判。这位"20 世纪 60 年代剧坛愤怒的发声者"[③]这样审视祖国："缺衣短食只是饥荒的一面而已，饥荒其实是全方位的：人们变得沉默而鬼祟，智慧变成诡计多端……我感到爱尔兰的精神状态是扭曲的。"[④]与后来选择移居英国十年的剧作家一样，乔向往伦敦和美国，向往那里"人人只管好自己的事，而且不会因为谁想要享受生

[①]　Murphy, Tom. *A Crucial Week in the Life of a Grocer's Assistant*, in *Tom Murphy Plays 4*, p. 131.

[②]　Ibid., p. 162.

[③]　Gleitman, Claire. "'I'll See You Yesterday' : Brian Friel, Tom Murphy and the Captivating Past", in Holdsworth, Nadine and Mary Luckhurst, eds., *A Concise Companion to Contemporary British and Irish Drama*, Oxford: Blackwell Publishing, 2008, p. 27.

[④]　Murphy, Tom. "In Conversation with Michael Billington", in Grene, Nicholas. ed., *Talking about Tom Murphy*, Dublin: Carysfort Press, 2002, p. 101.

活便叫他傻瓜"①；也向往那里充满活力的经济，因为那意味着人们可以拥有财富，而财富并非传统叙事中美德的反面或物质主义的"邪恶之源"（a hoard of evils）②，反而是能够使人"获得独立、看清真相、行我所想"③ 的必要基础。与在故乡强烈的"无能为力"感相对比，乔渴盼在海外成为"有用之人"，过上"实际、合理、讲逻辑"的生活。④ 出走者的梦想正是故乡的反面，换言之，故乡对生命力和秩序感的压抑构成了舞台人物出走的原因。

甚至乔的哈姆雷特式的优柔寡断也可归结于此种压抑。从传统的狭隘认同观中，这位青年已然习得一种对本地风土的忠诚，因而时时对自己想要离乡的念头感到负疚；而从天主教会无所不在的影响中，他还习得一种关于受惩的恐惧，因此在午夜噩梦中目睹神父割下并收集早先出走者的灵魂。

即便承受着如此巨大的心理重负，乔内心的天平仍是倾向离开的。他在夜复一夜的梦境中听到"快走，快走！"的召唤，感到"最后一个春天"将逝的紧迫。⑤ 这位掘墓人的儿子想要将自己移植到死亡和腐朽的反面，他清楚地注视着

---

①   Murphy, Tom. *A Crucial Week in the Life of a Grocer's Assistant*, p. 103.

②   Ibid., p. 131.

③   Ibid., p. 104.

④   Ibid., p. 116.

⑤   Ibid., pp. 91–92.

自身的矛盾处境并自白道："掘墓人的儿子却有高贵的理想！也许那就是他痛苦的缘由。"[1] 这是墨菲笔下又一位典型的"从家园出走，寻找新的家园"的人物，而用剧作家自己的话来说，如此这般的出走者"终会归来并向旧家园宣战"。[2] 逃离者的决心或宣战者的信仰，皆传达着对这片枯萎过久的故土饱含感情却清醒的批评。

伦纳德剧作《爸爸》呈现的便是一个出走者的短暂回归、猛烈宣战和再度启程。这部获得四项托尼奖的作品颇具自传性，讲述了移民英国的剧作家查理（Charlie）回国料理养父的葬礼，并与老人灵魂发生对话的故事。与《费城》和《杂货铺伙计一生中的关键一周》一样，《爸爸》亦以隐蔽的细节透露远行者内心深处的乡愁与不舍。查理向养父"爸爸"——一位一生生活于乡村、在新教徒主人家的花园里劳作了五十八年的老园丁——描述自己在伦敦高级场合里不时体会到的牵扯感，"我抬头一看，桌子另一端竟坐着你，一边掰着玉米粒，聊着不下雨的话天儿还说得过去，一边趁妈妈背过身去的当儿赶紧在我的面包上多撒点糖，"他继续述说自

---

[1] Murphy, Tom. *A Crucial Week in the Life of a Grocer's Assistant*, p. 152.

[2] Murphy, Tom. "In Conversation with Michael Billington", pp. 110–111.

己的身份困惑，"假如我属于这里，那又如何能属于那里？"①

但也与《费城》中的加尔一样，查理的离开并不会被这样隐匿的情感阻挡。他始终记得年少时导师式的人物德拉姆（Drum）对他的建议，"去你自己的世界生活，一只脚也不要站在他的世界"②。德拉姆所说的"他"正是查理的养父。这位老人是世纪初民族主义话语规训和形塑的产物，他对日常经验中的贫穷困苦浑然不觉，空洞地赞美"爱尔兰是全世界最好的国家"③；他沉迷于对战争和饥荒的回忆，把对世界的认知构筑于忠诚与对抗的二元对立；他将德·瓦莱拉和希特勒同等崇拜，还寄希望于德国战胜英国后将好工作发放给爱尔兰人；他最津津乐道于自己在爱尔兰共和军服役的经历，喋喋不休地吹嘘曾如何将英国黑棕部队吓得屁滚尿流。在20世纪60年代的语境下，老人对民族主义历史的执着显得过时而无益，他对过往的追忆开始变成一种沉重的负担。正如历史学家罗伯特·基（Robert Kee）所说，"在许多年里，南爱几乎每个家庭的父辈中都有人参加过对英国军警的战斗，或是参加过1922年至1923年的内战。但是，这些人大都已经

---

① Leonard, Hugh. *Da*, in *Selected Plays: Hugh Leonard*, Gerrards Cross: Colin Smythe, 1992, p. 188.
② Ibid., p. 187.
③ Ibid., p. 193.

离世"，而与之紧密关联的民族主义情绪在共和国公民日常生活中的重要性正在"逐渐削弱"。① 爱尔兰有成千上万个像"爸爸"一样重复过去、沉溺于历史光荣而失去对未来梦想的老人，正像世纪中叶的爱尔兰权力结构中"年迈的革命者们大权在握"，他们故步自封而无意突破过往，导致社会笼罩于年代错乱的话语中而"停止发育"。② 剧中的"爸爸"曾生育了数个孩子却皆是死婴，这仿佛一种隐喻，这困囿于僵死过往的男子"不能创造生命"③。

再度离开爱尔兰之前，查理烧掉了"爸爸"引以自傲的爱尔兰共和军服役证书，只留下老人的出生与死亡证明。对遗物的处理富有象征性：他决意与凝结着最强烈民族主义情绪的历史标本告别，卸下旧时代留下的已不合时宜的负担。在伦纳德的舞台上，当远行者回归故乡并短暂停留，回望过往的目光总会导向一种警觉，正如奥图尔对伦纳德作品的整体评论，"过去的时光总被呈现为一种富含批评性的警诫之物，而人物总是拼尽全力挣脱它的束缚"④。

---

① 罗伯特·基，《爱尔兰史》，潘兴明译，第 316 页。
② Roche, Anthony. "Brian Friel and Tom Murphy: Forms of Exile", p. 325.
③ Leonard, Hugh. *Da*, p. 230.
④ O'Toole, Fintan. *Critical Moments: Fintan O'Toole on Modern Irish Theatre*, Dublin: Carysfort Press, 2003, p. 298.

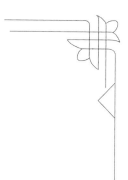

第 *2* 章

流　散

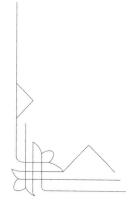
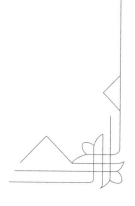

多可笑啊，那些离开家乡的人，就从离开
的那一年起，他们自身的某个部分就已经不再
活着了。

概述:"流散"的长镜

如果说 20 世纪六七十年代剧场所集中呈现的"出走的瞬间"包含了对后殖民时代爱尔兰社会全方位的批评性,那么此后的舞台上,这些瞬间更多地延长为离乡者在异国生活境况的长镜,而批评性亦将因此发展为更具颠覆力的文化重构过程。从布莱恩·弗里尔、汤姆·墨菲、托马斯·基尔罗伊等"爱尔兰戏剧第二次复兴者",到尼尔·唐纳利(Neil Donnelly)、安妮·德夫林(Anne Devlin)、德莫特·博尔杰、玛丽·琼斯、塞巴斯蒂安·巴里(Sebastian Barry)等后继力量,以至新生一代的恩达·沃尔什和爱玛·多诺霍(Emma Donoghue)等,一代代爱尔兰舞台写作者的跨国经验更加频繁和丰富,"爱尔兰剧作家"本身的身份标签变得不再容易以地域疆界而清晰界定,而他们的创作目光亦愈多地投向在海外生活的爱尔兰人和爱尔兰后裔,仅仅"热衷于岛内三十二郡生活意象"的创作兴趣悄然改变了。

在"出走的瞬间"之后,在幽闭可怖的小岛以外,出走者的境遇将会如何? 20 世纪 60 年代的爱尔兰剧场鲜有给出答案，而墨菲《黑暗中的哨声》（*A Whistle in the Dark*, 1961）和基恩《42 号工棚》（*Hut 42*, 1962）则是少有的例外。它们开始将戏剧背景设置于移民们的目的地，开始呈现爱尔兰流散者① 的生活断面和情感经验。这些离开爱尔兰土地的人物终于成为一类新的爱尔兰戏剧的主角——他们不再仅仅是《费城》里加尔那俗艳聒噪的爱尔兰—美国姨妈，不再仅仅是《杂货铺伙计一生中的关键一周》中高谈阔论的英国—爱尔兰男子——这些曾被漫不经心地脸谱化、在剧情中往往一闪而过的人物开始拥有姓名、故事和内心的声音，他们的经验悄然成为国境以外的爱尔兰故事。两部先声之剧中，剧作家开始使用此前未有过的、流散者的语言。

---

① 爱尔兰移民的流散性质曾长久蒙于模糊不清的阴翳。社会学家曾反复争论，如果 19 世纪下半叶大量爱尔兰人的外流是因经济原因而起，那么这一现象是否符合一个族群出于强大外力而被迫流离失所的流散定义？（Chaliand and Rageau, 1995）如果就在各个移居国生活情况的指标数据而言，爱尔兰人因为天然具备英语能力等优势而比其他侨居人群"融合"更佳，那么他们是否还应算作与当地文化有着疏远甚至隔绝关系的流散社群？（Arkenson, 1993）当流散研究的权威学者科恩（Cohen, 1997）将海外爱尔兰人归类为五种"受害流散"（victim diasporas，其余四种包括犹太人、亚美尼亚人、非洲人和巴勒斯坦人），而沙利昂（Chaliand）和拉古（Rageau）也将他们列入十二种主要流散人群之一后（1995），对爱尔兰流散者境遇的解读开始比较明晰地展开了。见 Hickman, Mary J. "'Locating' the Irish Diaspora", pp. 8–26。

而经 60 年代再往后，在爱尔兰日益开放并融入欧陆甚至世界的语境下，"美国守灵夜"的终点含义渐被消解。寻常的国际航班、频繁的跨国往来，使得移民的出走不再意味着永别；普及的越洋电话、便捷的沟通方式，令一种从未有过的联结开始生长。爱尔兰的流散者曾是被从"土地、民族主义和天主教信仰"三准绳的爱尔兰身份中剥除之群体，而在时代的变化中，外斥之力渐渐转为窥视、包容，甚至拥抱。及至 90 年代，总统玛丽·罗宾逊（Mary Robinson）对议会发表演讲"珍视爱尔兰的流散群体"（Cherishing the Irish Diaspora），她表示"移民并非仅仅是一部悲哀和遗憾的编年史，它也是关于奉献和适应的一个极富力量的故事。实际上，我已愈加相信，这则常常被作为悲情与离别的伟大叙事实际上包含着失落和归属的重要意义，而且富有历史讽刺性的是，它已成为我们社会的财富之一"[1]，这种包容和拥抱达到了一种普遍的顶点。移民在海外获得的陌生自由、投入的崭新秩序，甚至回望故国历史与现状的流动视角，开始进入爱尔兰曾经半闭的眼帘，也开始进入爱尔兰国内或移居国的剧场。

---

[1]　Robinson, Mary. "Cherishing the Irish Diaspora" (1995), https://president.ie/en/media-library/speeches/cherishing-the-irish-diaspora, accessed on June 2nd, 2022.

爱尔兰的疆界悄然被拓宽了，爱尔兰的想象开始包含它散布全球的儿女，爱尔兰的特性也便不再仅仅限于带有本质主义色彩的若干标签了。

　　与世界其他国家的流散文学相似，此时剧场对移民生活的呈现中，刻画爱尔兰人在岛外所经验的种种流散症候是无法绕开的重要主题。萨义德笔下"生存根基的消失、起源之地的失落、与土地和历史之间连接的断裂"[①]似可在很大程度上描述离岛者的心理体验。而在现实中引发爱尔兰人大量外流的创伤性事件——19世纪40年代的大饥荒尤其成为一个被反复重访的历史基点和情感枢纽。它仿佛象征着爱尔兰流散者共同的起点。墨菲剧作《饥荒》(*The Famine*, 1968) 中牧师曾预言，去国离乡的人们将"贫病交加地被抛上异国的海岸，宛如对现代世界的献祭"[②]，也仿佛预示了很长历史时期中爱尔兰流散者的一般症候，他们将陷入失国失家的身份迷惘、边缘人的社会处境、无处不在的种族歧视和刻板印象，以及永不停歇的归属找寻。

[①]　Said, Edward. *After the Last Sky: Palestinian Lives*, 2nd edition, New York: Columbia University Press, 1999, p. 26.

[②]　Murphy, Tom. *Famine*, in *Tom Murphy Plays: 1*, London: Methuen Drama, 1997, p. 59.

从 20 世纪 60 年代基恩的《42 号工棚》到千禧年吉米·墨菲（Jimmy Murphy）的《基尔伯恩高路的国王们》（*The Kings of the Kilburn High Road*, 2000），以底层爱尔兰移民生活为主题的戏剧从未停息对这种漂泊的迷茫和失根的苦痛的描述。这些人物白日在建筑工地、沟渠矿场做着苦工，夜晚则在低级酒吧中用一杯杯劣质啤酒消磨时间。他们咒骂英国，咒骂"两脚踏上这片土地的那天"①，却又不得不依赖在此地获得的英镑寄回萧条贫困的家乡；他们常常目睹同伴客死他乡，在为其举行的守灵夜里哀悼无法回返的家园，更哀悼逐渐破碎的梦想——大多数人从来也没实现"口袋满满"荣归故里的初衷，而是在日复一日的消磨中发觉自己"不再年轻，无法开展一段新的旅程，也无力探索新的未知"②。这些人物身上浓缩着数百年来几成刻板画像的爱尔兰移民形象，他们离乡是迫于无奈，在异国是被边缘化的底层，在流离失所中怀念故土，永远无法融入留居之地，也再无法真正回归祖国。他们苦难的生活和心理经验一直延续到新生代剧作家的创作中。沃尔什在描述自己在 21 世纪初从科克移居伦敦时的感受时仍

---

① Murphy, Jimmy. *The Kings of the Kilburn High Road*, in *Jimmy Murphy: Two Plays*, London: Oberon Books, 2001, p. 57.

② Ibid., p. 17, p. 22.

说，这是一种被陌生人环绕、"困囿在环境中，被上下翻搅"的处境①，是孤独者身负环境重压的经验。在他巡演欧美并引发强大共鸣的作品《沃尔沃思闹剧》（*The Walworth Farce*, 2006）中，这种经验被寄寓于爱尔兰父子三人蜗居于伦敦出租屋的情节。他们自我隔绝、闭门不出，每日三人分饰多角，演绎荒诞变形的爱尔兰往事，以抵抗"越逼越近的伦敦高楼"②令他们窒息的氛围，为自己充满黑暗秘密的离乡动机提供合理辩护，并为无法实现的归家渴望献上一曲挽歌——父亲声称，这种孤独、抵抗和渴望是"一百万个爱尔兰人曾走过的路"③。当这种失根、焦虑和迷惘叠加于在前宗主国所经历的自我内化的他者经验（《背叛》，*Double Cross*, 1986；《值班老师》，*The Duty Master*, 1995），或叠加于从岛屿北部的故乡继承的宗教仇恨、派系对立等黑色遗产（《复活节之后》，*After Easter*, 1994），舞台上的流浪人走过这"一百万个爱尔兰人曾走过的路"时，注定会产生更加复杂深刻的况味。

---

① Walsh, Enda. "Foreword", in *Enda Walsh Plays: Two*, London: Oberon Books, 2011, p. 5.

② Walsh, Enda. *The Walworth Farce*, in *Enda Walsh Plays: Two*, p. 37.

③ Ibid., p. 36.

　　但更加富有特色的是，当爱尔兰剧场从封闭的茧壳中挣脱，开始容纳和拥抱流散者的经验，一种新的具有跨界性的空间便开始形成。如果爱尔兰经验不再仅仅发生于康尼马拉的农舍厨房，而纽约、伦敦，甚至悉尼、约翰内斯堡的爱尔兰人及其后裔的生活断面也被承认为爱尔兰经验的流散变种，那么康诺特、阿尔斯特、芒斯特和伦斯特之外的"第五省"（a Fifth Province）如它的期待者们——"户外日剧社"（Field Day Theatre Company）的作家们[1]，以及玛丽·罗宾逊总统[2]——所盼望的那样开始诞生，而霍米·巴巴所谓具有杂糅性的"第三空间"（a Third Space）[3]也正在切实形成。此种带有跨越和衔接性质的空间中恒常发生着意义和认同的跨界旅行（border-crossing），这对长期秉持单一身份的传统爱尔兰而言是全新的体验。在这个非此非彼，但又与祖国和世界均有千丝万缕联系的空间中，爱尔兰的剧作家、他们笔下的

---

[1]　见 Regan, Stephan. "Ireland's Field Day", in *History Workshop*, Spring, 1992, No. 33, p. 27。

[2]　见 Robinson, Mary. "Speech made to the assembly" (1994), http://www.assembly. coe.int/nw/xml/Speeches/Speech-XML2HTML-EN.asp?SpeechID=183, accessed on June 6th 2022。

[3]　Bhabha, Homi K. *The Location of Culture*, London and New York: Routledge, 2004, p. 55.

移民人物、岛内岛外的观众皆得以用跨民族（transnational）视角来审视自身的经验、反思故国的传统、形成具有混合特质（heterodoxies）的概念。此时舞台上所呈现的绝非猎奇的异域风光，而是双向的文化翻译。舞台上的流散者愈多地经历着轻盈的旅行，与移民网络中的他人发生着即刻的联结，并由此发现一种不再笼罩于负疚或羞耻的"海外爱尔兰"身份（《在高地德国》，*In High Germany*, 1990）。他们从"海外爱尔兰"的亲密和团结中回望故国根深蒂固的南北派系对立，以必要的地理和心理距离反思其中的荒诞无稽（《十一月的一个夜晚》，*A Night in November*, 1994）。他们以自身复杂离奇的经历展现权力和身份的可变性，颠覆传统上的爱尔兰受害论（《白女人街》，*White Woman Street*, 1992）。他们更无畏地挑战传统爱尔兰的种种禁忌，庆祝在异乡获得的自由（《女士们先生们》，*Ladies and Gentlemen*, 1996）。舞台爱尔兰人的流散经验成为文化再创之处，形成本雅明所谓"更丰富的语言"（greater language）。① 总而言之，当流散者的经验由剧场

① "border-crossing" "liminal space" "heterodoxies" "greater language" 分译为"跨界旅行" "衔接空间" "混合概念" "更丰富的语言"，系沿用童明先生的翻译。见童明：《飞散》，载于《外国文学》2004 年第 6 期，第 52—59 页。

的呈现而进入人们关注的视野，爱尔兰性的内涵开始极大地
扩展了；更加不可忽视的是，流散者无论在经济开放和北爱
和平进程等事实上，还是在想象的疆界里，都成为化解岛内
根深蒂固的立场和矛盾的重要力量，成为丰富爱尔兰文化和
认同的强大因子。萨义德所谓"流亡的、分散的、放逐的力
量"① 开始在"解放"被缚的爱尔兰认同过程中发挥作用；而
剧场对这场文化化学反应的记录和想象，为"国族历史之镜"
的爱尔兰戏剧史增添了新的篇章。

◿ 02
先声：《黑暗中的哨声》和《42 号工棚》

　　作为 20 世纪 60 年代为数不多从移民视角呈现其经验的
剧作之一，首演于阿贝剧院的《42 号工棚》呈现了世纪中叶
的爱尔兰劳工在英国的艰苦生活。在大建筑工地旁的这间简
陋六人工棚里，做着"最脏最累活计"② 的爱尔兰工人用朴素

---

① Said, Edward. *Culture and Imperialism*, New York: Double Day, 1994, p. 403.
② Keane, John B. *Hut 42*, Dixton: Proscenium Press, 1968, p. 30.

却带有诗性的语言表述流散者的乡愁，那是他们在异国每一个疲惫夜晚的梦境：怀揣"一个一个积攒下的先令"回到故乡，"沿着家边水汽湿润的小路漫步……惊起高地草原上的野兔……或是站在低矮的滩涂，俯首看向脚下的河流"①；他们以令人动容的画面描绘离别的痛苦，这些远行者总在凌晨时刻动身，却会在难舍的回眸中望见"一个孩子的脸紧紧贴在窗玻璃上，小小的身体套在睡衣里，眼泪汪汪"②。他们开始重新思考祖国与流散地的关系，虽然"永远无法爱上"曾经的侵略者和强邻③，但亦开始怀疑祖国的贫弱全乃殖民史产物的叙事。他们审视故国，发现如果爱尔兰的"每个村庄都有一座耗资十万英镑的教堂，却无钱修建工厂"④，那么它就"不是一个劳作之人堪待的国度"⑤，而这些普通的劳动者"有英国可去，难道不是尚属幸事？"⑥他们甚至宣告："一个国家也像一名父亲。他是好是坏，应该全凭能否好好养活自己的儿子来评断。而爱尔兰倘若作为父亲接受裁判，无论从哪条

_____

① Keane, John B. *Hut 42*, p. 34.
② Ibid., p. 22.
③ Ibid., p. 7.
④ Ibid.
⑤ Ibid., p. 19.
⑥ Ibid., p. 18.

哪款，都必须给定罪。"①

剧作中的流散者在异乡结成了温情的共同体，他们为最年长者举办体面的葬礼，送别最年轻者回到爱尔兰，并叮嘱这位受过更好教育的年轻人为早已失声的他们发出声音，"告诉故乡的人们，我们是全无希望的人儿，是上帝遗弃的人儿！告诉他们我们在此地永远孤单"。这个包含数个世代的共同体开始脱去长久烙印于移民身上的耻辱标记，为自己争取在故乡久已被抹去的联结，"是我们，是我们这些干着粗笨活计的爱尔兰苦工在最糟糕的年月里寄回面包黄油，养活了故乡的穷人。当政客们高谈阔论大话漫天时，是我们把面粉钱寄回了家……为了对远在爱尔兰的小小家园的爱，我们当中多少人死去和倒下"。②

同样是爱尔兰流散经验的先声之作，《黑暗中的哨声》（以下简称《哨声》）比《42号工棚》经历了更加曲折的演出史。年轻的剧作家墨菲收到其时阿贝剧院经理布莱思（Ernest Blythe）言辞辛辣的拒信，这位著名的保守派和审美想象力匮乏者在信中怒斥该剧"纯属垃圾，像那样的人物根

---

① Keane, John B. *Hut 42*, p. 19.

② Ibid., p. 40.

本未曾存在过！"①《哨声》最终首演于英国斯特拉福德东皇家剧院，并成为 20 世纪 60 年代初伦敦西区名噪一时的剧目。而剧作家也在此后移居英国十年，并庆幸在这十年间摆脱了自己剧中所讨论的那种"封闭保守气质"。②

　　这部令布莱思震怒的剧作讲述的是一组爱尔兰父子在英国的生活。卡尼家唯一受过中学教育的长子迈克尔离开家乡梅奥郡移居英国考文垂已逾十年。他勤勉工作，努力融入当地社会，和英国妻子贝蒂（Betty）过着蓝领阶层的平静生活。然而辛苦构筑的平静被随后而来的父亲"老爹"（Dada）和弟弟们彻底踩碎。后者试图在附近街区建起一个以武力称霸的爱尔兰地下王国，他们与各种假想敌——穆斯林、黑人、其他移民家族——频繁打斗，为想象中"高贵的爱尔兰蓝血"③，也为"卡尼之姓"④ 而战；他们肆无忌惮地侵占迈克尔和贝蒂的家庭空间，对贝蒂的英国血统百般侮辱，她最终黯然离家，一个部族式的传统爱尔兰大家庭就这样将一个更现代的核心家庭噬食殆尽。而这个大家庭中的剧烈冲突以迈克

---

① 转引自 Tóibín, Colm and Tom Murphy. "Interview with Tom Murphy", in *Bomb*, 2012, No. 120, p. 46。

② Murphy, Tom. "In Conversation with Michael Billington", p. 99.

③ Murphy, Tom. *A Whistle in the Dark*, in *Tom Murphy Plays 4*, p. 10.

④ Ibid., p. 67.

尔失手杀死最小的弟弟德斯（Des）告终，卡尼家最终走向分崩离析。

剧中的爱尔兰移民是英国城市里的边缘人。两年的中学教育并不足以让迈克尔成为自己向往的教师或白领，他只能在工厂从事体力劳动，对英国上司唯唯诺诺地重复着"是，先生"。[①] 而他的父兄则根本没有正当的工作，他们的收入来自非法的雏妓和黑工生意，甚至小偷小摸的盗窃行为。如果说迈克尔对融入这座异国工业城市的现代秩序怀有向往——他想要读书，想要"一份体面的工作、一个核心家庭、一处朴素房产、一点自尊和些许尊敬"[②]，想要在以进步和上升为关键词的现代社会中寻得立足之地，那么父兄们则在试图逃避这种流散地的新秩序——他们想以曾附着于爱尔兰西部农民身上的神话英雄气质在异国构建起一片飞地，用暴力使在现实中无法屈服于他们的英国人、中产阶级和其他移民屈服，获得他人的"恐惧和尊敬"[③]，这无异于想用扭曲的部落式秩序逃避现代文明。

评论家阿罗史密斯（Aidan Arrowsmith）分析道，卡尼

---

① Murphy, Tom. *A Whistle in the Dark*, p. 55.

② O'Toole, Fintan. "Introduction", in *Tom Murphy Plays 4*, p. xii.

③ Murphy, Tom. *A Whistle in the Dark*, p. 62.

父兄的暴力崇拜实为一种前殖民地男性的"超级阳刚气概"
（hypermasculinity）表演。在殖民话语中，他们曾被长久地
柔弱化和女性化，因此在后殖民时代，这些男子常常表现出
更强的进攻性、掌控欲和竞争感。① 来到前宗主国的土地后，
这些本就身处边缘的爱尔兰移民更加明显地展示出此种矛盾
的症候。他们的暴力表演流露出对以拳头定胜负的原始规则
的忠诚，也流露出对已逝的民族主义英雄时代的追缅。当所
信奉和追求的一切在这座现代而有序的英国工业城市中因为
失去语境而显得荒唐，"老爹"和儿子们所组成的军团注定陷
入更边缘的边缘和更绝望的悲剧。

　　《哨声》是一部带有自传性质的作品。写作该剧时，墨菲
的父亲和兄长们已移居英国，而他自己也在暑假时去往那里，
"在公共汽车上、建筑工地上或酒吧里打点零工"。他自然地
被吸引到哥哥们居住的爱尔兰人聚居区，发现"那些地方充
满对暴力的无与伦比的崇拜，我觉得很难理解"；他还发现
这里的爱尔兰移民似乎"不知应该怎样对待自己，不知应该
拿在异国他乡获得的自由、金钱和破碎的身份怎么办"。年轻

———————————

① Arrowsmith, Aidan. "'To Fly by Those Nets': Violence and Identity in Tom
Murphy's *A Whistle in the Dark*", in *Irish University Review*, 2004, Vol. 34 (2),
p. 326.

的剧作家对弥散于此的"同类相残和原始野蛮"感到"震撼、惊叹而又着迷"。①《哨声》的写作一方面代表着墨菲对他一度不能理解的暴力崇拜的最终理解——在访谈中，他告诉记者："你可以把'老爹'看作一个希特勒式的人物，他创建一支军队，其实是为了对付他自己的无能、失败、浅薄，以及无力应对生活的困境"②；另一方面也流露出对这些同胞失根处境的某种同情，当迈克尔的弟弟自称"笨人"（thick guy），并自我解嘲说"笨人是感觉不到痛苦的"③，这部基调愤怒的戏剧中闪现了怜悯的波澜。

《42号工棚》中的劳工和《哨声》中卡尼父子所发出的声音，是流散经历并抵抗边缘化的初始之声。前者以朴素的语言总结漂泊之人与故土之间无法斩断的联系，以此证明从未淡薄的联结；后者则以具有冲撞力的意象呈现爱尔兰人在海外所渴望创造的生活，以及来自故乡的历史遗产对他们的追逐。两部先声之剧中，舞台开始细腻地展现离乡者在异国的生活断面，而剧作家开始使用流散者的语言为他们的经验勾勒轮廓。社会学家克利福德（James Clifford）在去国离

---

① Murphy, Tom. "In Conversation with Michael Billington", pp. 95–96.
② Ibid., p. 98.
③ Murphy, Tom. *A Whistle in the Dark*, p. 79.

乡的人群中所发现的"维系、复兴和发明"故土家园和流散
地的一种势能 ①，开始在爱尔兰剧场中搅动起新的风波。

◿ 03
流散的症候:《背叛》、《值班老师》和《复活节之后》

在户外日剧社 20 世纪 80 年代推出的、与弗里尔《翻译》
齐名的作品《背叛》中，剧作家、小说家兼学者基尔罗伊将
异乡爱尔兰人认同的焦虑推向了舞台和智识讨论的中心。这
部双幕剧基于"二战"时期在英德两国叱咤风云的两个爱尔
兰人的生平史实而写就。出生于蒂波雷里郡芬尼恩党人石匠
家庭的布拉肯（Branden Bracken）少年离家，隐瞒出身，在
英国政坛和社交圈左右逢源，成为丘吉尔的得力助手、信息
部长，甚至获授爵位；而成长于戈尔韦码头劳工家庭、同样
少年离乡的乔伊斯（William Joyce）则先是加入英国纳粹联

① Clifford, James. "Diasporas", in *Cultural Anthropology*, 1994, Vol. 9, No. 3, p. 310.

盟，被"逐出"后转投德国，成为戈培尔的亲信、纳粹德国对英广播喉舌"霍霍勋爵"（Lord Haw Haw），战败后以叛国罪在英国被施以绞刑。剧作家利用舞台上的广播装置呈现两人在空中电波宣传战中的针锋相对，更利用布莱希特史诗戏剧式的投影及画外音的间离手段，让史实中从未谋面的两人对话、对峙，打断或揭穿彼此。

　　镜面一般的剧情推进下，观众会逐渐意识到，两个人物之间的相似之处远超他们表面的势不两立。两人皆对自己的爱尔兰出身讳莫如深，且皆试图为自己塑造一种超级英国身份（ultra-English identities）①：布拉肯极力掩盖个人历史，他表示，"这一切必须完全按下不提"，因为"一旦背上过去的负担，我就不能成其为我！"②为此他为父亲编造了一系列身份——主教、英国驻印度军官、海军上将——与实际上的芬尼恩党人石匠在政治立场和社会阶级均相去甚远。他不断暗示自己与丘吉尔之间的父子关系："温斯顿于我就像父亲。"③他甚至在竞选中为自己编造了一系列纯正英国精英标签："英爱血统，生于贝德福德郡，驻印军队高级军官之子，在伦敦、

①　Kilroy, Thomas. *Double Cross*, London: Faber and Faber, 1986, p. 20.
②　Ibid., p. 37.
③　Ibid., p. 44.

贝德福德居住，在苏格兰和北爱尔兰拥有地产，赛德伯公学校友，牛津大学历史学优秀毕业生。"① 他一贯以英国国家利益的代表人自居，在对英国人民的广播中号召人们"为我们大不列颠的尊严、为我们大不列颠的身份"而战②。而霍霍勋爵也以与布拉肯相似的决心守卫着自己的出身之谜。他在电波中伪装成英格兰、苏格兰和威尔士的本地电台扰乱人心，在事实和隐喻的意义上"重新发明英国"③。他将自己的行为辩解为拯救英国，因为唯有"英德一心"，才能代表"欧洲北部文化和文明"，才能在俄国的布尔什维克和美国的华尔街犹太人势力间保卫"基督教王国"。④ 他声称自己血管里的诺曼血液比想要绞杀他的英国贵族更多，甚至在绞刑架上仍在宣告"我是不列颠人"⑤。

　　然而正如剧中的旁白者所言，两人试图抹掉与爱尔兰的一切干系的种种努力，却正是"表演出了自己极力逃离的那种文化处境"⑥。与许多由殖民地的边缘之境进入前宗主国的

---

① Kilroy, Thomas. *Double Cross*, p. 33.
② Ibid., p. 68.
③ Ibid., p. 54.
④ Ibid., p. 45.
⑤ Ibid., p. 75.
⑥ Ibid., p. 19.

中心地带的流浪者一样，他们内化了曾被强加于祖国和同胞的"客体性"（objecthood），在潜意识中将自己视作低等的他者，并持久地经历着津巴布韦小说家齐齐·丹加仑巴（Tsitsi Dangarembega）在同名小说中所称的"不安的状况"（nervous conditions）[1]。无论是布拉肯对英国的"法律、高贵和文明生活"[2]的顶礼膜拜，还是霍霍勋爵对英国所代表的"权力"[3]的迫切向往，都显现着他们的故国在殖民遗波中的倒影——他们潜意识中的爱尔兰，是英国所代表的这一切秩序、价值和地位的反面。他们所实践的"背叛"，是殖民主义的磁场之下，中心对边缘的吸力，是受害者内化的对强者的想象。虽然也是欧洲白人，但与法农（Frantz Fanon）《黑皮肤，白面具》（*Black Skin, White Masks*, 1952）中所描述的黑人的后殖民症候十分类似，他们也迫切地想要模仿殖民者，成为他们中无法辨识的一员。

　　这种自定义的他者想象贯穿着爱尔兰数百年的苦难，在漂洋过海的爱尔兰移民中更不鲜见，它是身份焦虑的重要一面。剧作家以一条贯穿始终的暗线，为这种焦虑找到了历史的锚点：无论是布拉肯节奏轻快、用语考究而暗藏机锋的妙

---

① Dangarembega, Tsitsi. *Nervous Conditions*, London: The Women's Press, 1988.
② Kilroy, Thomas. *Double Cross*, p. 37.
③ Ibid., p. 46.

语（witticism），还是两人不约而同宣示的对"艺术高于人生"信条的崇拜，都将这两位 20 世纪"飘荡"于欧洲的爱尔兰人与 19 世纪英国社交圈和文坛最引人注目的另一位爱尔兰人——奥斯卡·王尔德（Oscar Wilde）列入了同一个族谱。评论家罗奇（Anthony Roche）认为布拉肯"与从法夸尔到王尔德的英爱人一脉相承，他们皆以舞台上下的戏剧化表演为自己在英国社会获得具有影响力的地位"。[1]

布拉肯和霍霍勋爵身上的认同焦虑，以及基于焦虑的身份营造，在剧中的"二战"背景下被赋予了更具戏剧性的放大和张力。而当基尔罗伊在 20 世纪 80 年代后期回溯彼时"背叛"祖国的爱尔兰人故事，并不单单出于访旧的兴趣，而与此时岛国繁荣中止、人口再度大量外流的现实处境更加相关——"1982 年时居住于爱尔兰共和国者，每 12 个人里就有一个在 1989 年前移民离开"[2]。后殖民时代的时钟下，爱尔兰经历过 60 年代的强力变革、初享繁荣；甚至因此在 70 年代吸引了大批移民返回或流入[3]；而 80 年代萧条危机下再度背

---

[1]　Roche, Anthony. *Contemporary Irish Drama*, second edition, p. 145.

[2]　O'Toole, Fintan. *Black Hole, Green Card*, Dublin: New Island Books, 1994, p. 12.

[3]　Corcoran, Mary P. "The Process of Migration and the Reinvention of Self: The Experiences of Returning Irish Emigrants", in *Éire-Ireland*, Vol. 37, No. 1&2, Spring/Summer, 2002, p. 176.

起行囊远行的爱尔兰人对祖国和异乡的情感与想象、对自身经验的定义或定位，再一次成为"问题"，而过往历史所提供的二元对立的身份划分法、非黑即白的"背叛"或"受害"论，在已然经历过开放、联结的爱尔兰社会，实难再为此时的经验提供合理的注解。作为批评学者的剧作家基尔罗伊以他一贯对"历史的过程或历史编纂学毫不动摇的忠诚"①，将沉积已久的传统叙事撕开一个缺口，邀约着舞台上下的人们进入开放的、未有定论的讨论。

《背叛》的两位主角身上无法协调的矛盾性显示了这种讨论的必要。布拉肯固然在英国社会获得了他所追求的权势，甚至通过获授爵位成为贵族而实现了阶级的完全跃升，但如同霍霍勋爵对他的点评，他所获得的只堪称"特权"，而并非既能掌控外界，也能掌控自我的"权力"。② 这个人物身上充满虚张声势的浮夸和担心跌落的恐惧——他在为自己编造的各种身份间穿梭转换，对挖掘出他真实出身的八卦媒体恐吓继而告饶；更为根本的是，布拉肯内心有一个从未停歇的声音——这个声音寄生于他面目模糊、虚实难辨但挥之不去、时时对他进行勒索威胁的哥哥，这个声音代表着无法抹去的

---

① Etherton, Michael. *Contemporary Irish Dramatists*, p. 52.
② Kilroy, Thomas. *Double Cross*, p. 46.

身份、过去对现时的审视，也意味着凭借否定和发明永难自洽的认同。终局时，被投影的布拉肯以类似梦呓的方式出现在即将被执行绞刑的霍霍勋爵面前：

> 乔伊斯（霍霍勋爵）：你不该来。
>
> 布拉肯：我必须来。
>
> 乔伊斯：为什么？
>
> 布拉肯：因为我在找寻我的哥哥。[1]

　　舞台以极富暗示性的语言表明，布拉肯与霍霍勋爵之间有兄弟般的、一体两面的深层联结。他们甚至也许根本就是同一个人，同一个以文明与野蛮、权力与弱小的对分法来定义祖国，并坠入困惑的爱尔兰人。剧本最前的"角色说明"中，剧作家特别指明布拉肯和霍霍勋爵由同一名演员饰演，愈加印证了此一暗示。

　　这个困惑的爱尔兰人经历着布拉肯所代表的过往历史的追逐，同时也经历着霍霍勋爵所代表的前宗主国的斥力。霍霍勋爵对自己身份的塑造是通过两次背叛而实现的：年少时向英

---

[1]　Kilroy, Thomas. *Double Cross*, p. 78.

军出卖家乡戈尔韦的新芬党人而投靠英国，经过作为"超级英国人"的短暂岁月后被英国纳粹抛弃，后又转投戈培尔，成为德意志第三帝国的归化公民。两次面朝或者背向英国的背叛看似矛盾，实则统一于"对他所背叛的国家不恰当的崇拜"。采访他的英国女记者叙述道，"即使正在行着通敌之实时，他也津津乐道于自己所谓的英国血统、对联合王国国旗、国王和帝国之爱"①。这种崇拜屡遭挫败，终未为霍霍勋爵赢得前宗主国的承认或者接纳：第一次背叛后不久，他被所投奔的英国黑衫军"赶了出去……爱尔兰人总会因为这样那样的原因给赶出去，不是吗？"②；第二次背叛之后，他被自称要以"天主教王国"之名而保卫的英国以叛国罪宣判绞刑，而其中莫大的讽刺在于，他"从未拥有所叛之国的国籍"，而英国媒体居高临下地将他描述为"浑身都是爱尔兰西海岸码头生活留下的营养不良的痕迹，一眼即知是世代为农的产物"；他对英国和欧洲文明的顶礼膜拜则被傲慢地讥为"拼命学来的穿硬底皮鞋、可笑的条顿式鞠躬的姿态"，与"地道爱尔兰人式的乱哄哄的自大"至多只是"毫不自然地揉在一起"。③

---

① Kilroy, Thomas. *Double Cross*, p. 73.
② Ibid., p. 18.
③ Ibid., p. 73.

《背叛》展示了殖民遗产下爱尔兰人逃离"爱尔兰性"的失败路径。而逃离本身蕴含着实施者对"爱尔兰性"非黑即白的传统想象——它是"文明的"殖民者阴影背后的"原始、不开化",是执掌强权的帝国膝下卑微的"弱者"——这一系列定义是两个人物一连串背叛的驱动力,也是他们最终无法逃出的怪圈。这个怪圈构建于漫长的殖民史,因为殖民主义本身即意味着"一种对他人的系统性否定,一种否认对方之所以为人的强烈决心",它"迫使它统治的人们不断地问自己这个问题:'我究竟是谁?'"① 20 世纪 80 年代后半期的经济和文化危机下,再度出走的大批爱尔兰人——并非追求权力或头衔,而是与更多平凡的先辈一样,去异乡寻求经济或文化意义上的生存空间——与布拉肯或霍霍勋爵的境遇已有千差万别,但历来基于对分法的崇拜与自卑、拥抱与背叛,以及附庸于此的无可愈合的断裂乡愁,甚至"背叛祖国"的道德重负并未真正远去。

在 20 世纪 60 年代以来的舞台上,除却布拉肯和霍霍勋爵这般对爱尔兰遗产讳莫如深者,更充满不得不为"漂洋过海、追求享乐"的谴责而自我辩护者。② 爱尔兰人的身份如

---

① Fanon, Frantz. *The Wretched of the Earth*, New York: Grove Press, 1963, p. 250.

② 见 Murphy, Tom. *Famine*, p. 16, p. 38。

果继续相对于英国、欧陆，或者某个假想的敌对阵营，甚至相对于某种想象中的特性——例如现代性、世俗性——而定义，这种焦虑便永不会消散；更新的、自洽的文化定位也永不会出现。作为深具历史意识的学者和剧作家，基尔罗伊显然意识到了这种焦虑的存在和漫漶；在《背叛》中，剧作家并未野心勃勃地给出确定的答案，但他展现了传统叙事中的矛盾、危机和摇摇欲坠。此时的剧场几乎快要做好准备，迎接新的讨论，迎接寄寓于漂流的爱尔兰人身上"爱尔兰性"的再诞生。

90年代的阿贝剧院上演过比布拉肯和霍霍勋爵更"平凡"的爱尔兰漂流者的故事。这些爱尔兰人从未拥有历史所给予前者的壮阔背景或耀目焦点，他们大多出于经济或其他实际的原因选择远走，"穿过荒凉的风景：异国城市的爱尔兰贫民窟、政府廉租公寓、外国学校"[1]；但与布拉肯和霍霍勋爵相似的是，这些平凡求生的爱尔兰移民也经历着身份的断裂、错位和重建，"在宇宙中寻找一个遗失了的所在"[2]；在他们与异域的正面遭逢、与故土的辗转连接中，《背叛》曾淋漓展现的身份焦虑开始出现富有启示性的转机。来自岛国中部

---

[1]　Sternlicht, Sanford. *Modern Irish Drama: W. B. Yeats to Marina Carr*, p. 136.

[2]　Ibid.

奥法利郡的剧作家尼尔·唐纳利的作品《值班老师》中便显露着这种微光。

　　"值班老师"是来自米斯郡的爱尔兰移民帕特里克（Patrick），他在英国莱斯特郡的一所男子公学里任英文教师——在某种意义上，帕特里克是实现了梦想的迈克尔·卡尼（《黑暗中的哨声》中的长子），他拥有后者梦寐以求的代表智识的体面工作，还拥有中产阶级的核心家庭。在英国度过 22 年——超过在爱尔兰度过的年头——之后，帕特里克表面上陷入了与一般英国中产阶级男子并无二致的中年危机：他和英国妻子各自陷入婚外情，"小心翼翼又鬼鬼祟祟，糊涂度日，得过且过"①。而两位爱尔兰来客——帕特里克留在爱尔兰的弟弟迈克尔（Michael），以及随他同来的女大学生布雷达（Breda）——的突然造访，打破了暗流涌动的平静生活、揭开了其下所隐藏的关于根裔、乡愁、否定、重建等未决的危机。

　　与布拉肯和霍霍勋爵一样，帕特里克也对自己的爱尔兰农民出身暗怀羞耻，并因此在语言和行事上"比英国人更

---

① Donnelly, Neil. *The Duty Master*, in Fitz-Simon, Christopher and Sanford Sternlicht, eds., *New Plays from the Abbey Theatre 1993–1995*, Syracuse: Syracuse University Press, 1996, p. 224.

有英国做派"①。他庆幸早年离家，将移民之举称为"自我拯救"②，不仅对爱尔兰兴趣寥寥，甚至与家人几乎切断一切联系；他从不提及留在米斯郡农场的弟弟，还将其贬为"我的完全反面"③；他甚至拒绝年迈父母邀他回家探望的请求，辩称英国"才是我的家"④。而当他精心掩盖的爱尔兰出身被揭开——当学校里的问题学生称他为"巴弟"（Paddy）⑤，并讥讽爱尔兰为野蛮暴力之地时，帕特里克会陷入无法抑制的暴怒——与霍霍勋爵相似，这位中学老师也是法农所谓"自我内化的他者"，他们的愤怒来自认同的断裂感，这种断裂感尤其剧烈地生发于他们发现想要融入的群体对自己展露出偏见和斥力之时。

来访的弟弟迈克尔恰是帕特里克所想竭力逃避的爱尔兰农村生存样本。他体胖油腻，热衷于跑狗这一类活动——此次他便是从米斯带两条灰狗赴伦敦比赛而顺路来看望；他不按帕特里克所遵从的英国礼仪行事——并未预约便突然造访；

---

① Donnelly, Neil. *The Duty Master*, p. 192.
② Ibid., p. 214.
③ Ibid., p. 200.
④ Ibid., p. 196.
⑤ 对爱尔兰人的蔑称。

并且他长途跋涉所带的礼物也充满田园生活的风味———一盒母亲自制的蛋糕，"健康有劲，用足了牛奶和黄油，那牛奶可不正是我亲手挤的！"① 他以农村生活经验解读在英国看到的先锋艺术，并在哥哥充满艺术氛围的家里发表意见，称城市中心"未完成"的装置艺术为"一个大铁轭"，或者"一辆大卡车被螺丝刀锁在了路灯杆上"。② 他的出现令帕特里克感到难堪；这种难堪来自被压抑的过往的重新浮现，来自被弃绝的身份的缠绕追逐；最根本的，来自对爱尔兰漫画式、偏见式自我内化想象的印证。

　　评论家往往把迈克尔和帕特里克之间的尴尬关系归为"爱尔兰文学中一对永恒的矛盾———类似该隐与亚伯———移民出走的儿子和留在故乡的儿子之间的矛盾"③，因为帕特里克是被偏爱的长子，甚至享有离家的特权，而迈克尔留在故土农村，照顾年迈父母，"在自己之外还想着别人"④。也与历史上和习俗中无数爱尔兰次子一样，迈克尔已近中年仍然未能婚娶。放之于更广大的背景，这两兄弟之间的微妙关

---

① Donnelly, Neil. *The Duty Master*, p. 213.
② Ibid., p. 214.
③ Sternlicht, Sanford. *Modern Irish Drama: W. B. Yeats to Marina Carr*, p. 136.
④ Donnelly, Neil. *The Duty Master*, p. 214.

系正似离散者与爱尔兰之间的矛盾关系。帕特里克对迈克尔的冷漠疏远，代表了移民者对过往的决裂，这种决裂是如此屡见不鲜，以至于几乎"已然内化于爱尔兰文化，成为一种流行的意象"①。而两人之间自然的土腔交谈和偶然的亲密相惜，则又标记着天然的乡愁和联结。这种决裂和联结是无法相洽的，这在一定程度上反映于享有"特权"的长子帕特里克的人生困境：他表面上已经拥有移民中产阶级所期待拥有的一切，然而却与作为艺术家的英国妻子处于一种失衡的关系：他并无意了解妻子的创作，甚至以十分保守的态度指责其中的情色元素；他与作为当地人的英国学生也有一种隐秘的、失序的竞争：他试图以教师的身份规训学生却屡遭反抗，后者公然借他的爱尔兰身份来消解师生地位的不对等，甚至与他竞争婚外情人。爱尔兰人帕特里克处于绵延不断的焦虑中，在他内心的爱尔兰与英国边界上，自己成了内化的他者，并在试图摆脱这一身份的路途上反而将其反复确认和强化。

爱尔兰的"该隐与亚伯"之困，在这部20世纪90年

---

① Llewellyn-Jones, Margaret. *Contemporary Irish Drama and Cultural Identity*, Bristol: Intellect Books, 2002, p. 119.

代的戏剧中迎来了转机。转机是以一个崭新的角色形象出现的：都柏林大学学院的女大学生布雷达，她来自科克郡小镇玛克鲁姆，在大学学习艺术，随迈克尔来到英国，准备在伦敦考文特花园的一家餐厅做一份暑期工作。布雷达与历史上迫于生计远走他国的爱尔兰先辈不同，与从边缘受到帝国中心引力的自我流放者帕特里克不同，也与继续传统田园生活的迈克尔不同——她的身上有一种更具自决意义的跨国主义（transnationalism）气质。她接受过一流的现代教育，能与帕特里克的艺术家妻子真诚平等地交流艺术，甚至为其作品中的"破格"辩护；她反对爱尔兰乡村中常见的"跑狗和一切血腥运动"①，但这并不妨碍她与热衷于此的爱尔兰农民迈克尔保持亲密的关系；她对英国的现代氛围和爱尔兰的田园气质皆抱有欣赏的态度，"我喜欢身在大都市的喧嚣繁荣中，但也喜欢在大森林中享受静谧；哪怕只是站在林中，侧耳倾听宁静之声，如饮甘霖"②。

　　对困囿于各种限定性疆界背后的剧中诸人来说，布雷达就如一股新鲜空气。她的样貌本身唤醒了帕特里克在爱

---

① Donnelly, Neil. *The Duty Master*, p. 191.
② Ibid., p. 192.

尔兰度过的青年时代的回忆，她的谈吐令他醒悟"诗意在我体内几乎快要荡然无存"[①]；如同来自故乡的缪斯，这位爱尔兰青年重新启发着中年异乡人压抑已久、超越地理边界的诗性；而当他在英国M1公路的车声呼啸中听到爱尔兰海的波涛声，并背诵起马修·阿诺德（Matthew Arnold）的诗句时，一种国境、文化的跨越终于实现，而身份的焦虑终于开始消解。及至剧末，帕特里克拾起听筒，向五年未曾联系的母亲拨出电话，并在电话中用曾经感到羞耻的爱尔兰昵称指称自己。帕特里克的中年危机并未完全解决，但爱尔兰背景不再是其中的"问题"本身，而是开始成为一种被承认的根基，甚至精神力量的来源。更加富有希望的是，帕特里克九岁的女儿皮帕（Pippa）与布雷达天然交好，而后者展示出的毫无挂碍的自由与跨越，与父亲常年压抑、回避的爱尔兰亲缘是如此不同。这位展示着崭新身份的故乡来客，给移民二代展示了一种跨越边界的可能性。当孩子比父辈能够更加坦然地面对故乡的遗产，当她对故乡来客表达出更加自然的亲密，当她对远方的历史表现出不加掩饰的兴趣，而同时又以来自父亲的诗性、来自母亲的视觉来记录"侨居国"的

---

① Donnelly, Neil. *The Duty Master*, p. 208.

日常经验，一种新的移民诞生了，一种跨国主义的认同萌芽了。

　　当流散者的故乡是爱尔兰岛的北部，他们所经历的流散症候几乎不可避免地更加复杂。在这片作为殖民遗产被划出共和国的土地上，宗教和政治对立更加紧密地嵌入日常体验和身份定位，恐怖袭击的流血与阴影延续至 20 世纪 90 年代末，深刻地萦绕于人们的意识。远走他乡者往往抱有"离开这片地方才能远离这一切"（You have to go away to get away）的愿望，但远行的旅程和在他乡的自我找寻往往比物理的位移困难得多，他们的流散经验在更大程度上意味着历史的追逐、与错综复杂的文化遗产的缠斗。但也因为此，他们障碍重重的自我再定位过程充满了萨义德所说的解放的力量。安妮·德夫林的《复活节之后》（*After Easter*, 1994）便在真实与幻觉之间、疯癫与正常之间展现了一场危机重重的逃离，以及其中生成的富有表演性的解放。

　　剧情围绕生长于贝尔法斯特、移居英国牛津的女子格蕾塔·弗林（Greta Flynn）展开。她在青年时代抱着反叛的决心离开北爱，决意成为这片故土所规定的重重身份的反面：她把自己形塑为"激进的、世俗化的、解放了的女性"①，与

① Devlin, Anne. *After Easter*, London: Faber and Faber, 1996, p. 26.

信奉马克思主义的牛津历史学者结婚。她宣称自己"是天主教徒，是新教徒，是印度教徒，是穆斯林，是犹太人"①，甚至表示"我不想当爱尔兰人。我是英国人、法国人、德国人"②。这位自我流放者以混杂的并置挑战根深蒂固的对分法，几乎带有了文化跨民族性（transnationalism）的先锋意味。然而，她的自我解放并不完全可信，而是笼罩于危机重重的阴影中。其一，剧作家将她发声的背景置于精神病院的病房、闹鬼的伦敦公寓和家乡的女修道院——人物可疑的精神状况和摇摆的宗教倾向令这种自我解放陷入一种半疯癫半清醒的语境。其二，她并未因此得到超越性的自由，而是仍然纠缠于移民传统上的种种精神困境：在牛津，她对被指认为唯一的爱尔兰人感到烦恼；她无可避免地感到"思乡病"③——哪怕与母亲的关系矛盾重重，困在精神病院的她却想回家、回到母亲身边。她这样描述心理经验，"多可笑啊，那些离开家乡的人，就从离开的那一年起，他们自身的某个部分就已经不再活着了"④；她发现自己与来自梅奥、不识字的同胞一样，

---

① Devlin, Anne. *After Easter*, p. 7.
② Ibid., p. 12.
③ Ibid., p. 13.
④ Ibid., p. 58.

在英国总是"出于恐惧而模仿"①。当面对"你是谁?"的提问时,她发现自己无法回答;而当回顾自己二十余年的漂流史,她坦承,"我 1979 年离开爱尔兰,却从没有抵达英国"②。

这段起点和终点之间悬而未决的旅程,意味着格蕾塔身上的流散症候充满了典型的矛盾特征:"一方面,对祖国不尽如人意之处不满甚至痛恨,希望在异国他乡找到心灵寄托。另一方面,由于其本国本民族的文化根基难以动摇,又很难与定居国的文化和社会习俗相融合,因此不得不在痛苦之余把埋藏在内心深处的记忆召唤出来。"③

此种被召唤出的记忆形于格蕾塔的牛津—伦敦—贝尔法斯特—伦敦—牛津的环形之旅。被妹妹奥伊芙(Aoife)从精神病院接出以后,两人来到另一个妹妹海伦(Helen)在伦敦的时髦公寓,紧接着三人一同回到父母和弟弟马努斯(Manus)所在的贝尔法斯特,经历了父亲心脏病发作去世、医院遭遇恐怖袭击、弟弟险些被士兵逮捕等危机,最终返回英国。在这段多事之旅中,格蕾塔撕裂和疯癫的背景——暴

---

① Devlin, Anne. *After Easter*, p. 59.

② Ibid., p. 16.

③ 王宁,《流散文学与文化身份认同》,载于《社会科学》2006 年第 11 期,第 174 页。

露。仿佛作为北爱尔兰社会的缩微影像，弗林家庭内部充满矛盾的张力：母亲是典型的天主教徒和小商人，父亲却是无神论社会主义者；奥伊芙在虔信宗教的表面下无法抑制情欲的越轨；海伦是商业艺术家，她声称自己的资本主义信仰是为了报复父亲；马努斯依靠父母资助学习音乐，却对母亲放高利贷的行为极为不齿；姐妹之间嫉妒竞争的暗流从未停息。家庭内部的矛盾在城市中不断响起的爆炸声和枪响、士兵多疑的追逐和质问所构成的大环境下被加倍放大，成为一个显见的暗喻：这里的宗教仇恨、阶级对立、主义之争错综复杂，怀疑和恐惧的心态萦绕不去——即使以理性的价值判断做出逃离的决定，这里所发生过和正在发生的一切注定是流散者无法真正摆脱的家园记忆。格蕾塔所陷入的疯癫似是这重重矛盾互相角力的必然征兆：她不信教，却几次三番在宗教节日陷入"显灵时刻"（revelation），并在这些时刻获得自身死亡和重生的体验。这种撕扯是她精神崩溃的诱因和表征，是来自有着种种创痛记忆的故乡的流散者无法摆脱的处境。

但富有希望的是，在另一重意义上，起点和终点之间悬而未决的旅程也意味着非此非彼，却彼此连接、可互相翻译转化的"衔接空间"（liminal space）；而势能不断变化的撕扯也可以成为流散者通过"衔接空间"达到"超越视角"的重要动因。弗林一家虽然矛盾重重，但贯穿全剧的主线是格蕾塔和她的姐妹在这个家中逐渐实现的疗愈。这并非单纯出于天然的文化归属感和文化认同，而是从若即若离的距离之外回望家园而达成的理解、超越和重新定位。在父亲的守灵夜，弗林家的儿女终于谅解了强势、不安又逐利的母亲，将她——或者她所代表的北爱尔兰天主教徒——的病症归结于早年因宗教迫害被强行驱逐出土地家园的历史伤痛。更进一步，他们并未因此继续困囿于仇恨和对抗中，而是试图从超越北爱历史和现状的角度推进变革的发生。首先，他们呼唤一种有益的遗忘：在街头硝烟又起时，马努斯想要"在警察局和兵营的墙上喷上这些字样：'忘掉1690年！忘掉历史！记住——追求幸福是所有人的权力！'"[1] 海伦更是总结道，"是记忆蒙蔽了我看清现实的双眼，所以我决定聚精会神于遗忘。"[2] 更重要的是，他们呼吁仇恨的平息和沟通的开始：格蕾塔在半疯癫的状态下从教堂偷出圣杯，将圣饼分给在巴士站等车的人群——不问信仰和来源；她又在清醒时写信给本地报纸，呼吁停止以教派为区分的分校教育，让孩子都进入混合学校学习。她解释自己行动的原因："我觉得有一个声音

---

[1] Devlin, Anne. *After Easter*, p. 53.
[2] Ibid., p. 74.

在推动我这样做……我想要那些杀戮统统停止。我觉得听从那个声音真的能让这一切停止。"①弗林姐弟超越、遗忘和平息的动力至少部分来自流散旅途所赋予他们的多重视野。当北爱尔兰习以为常的仇恨和对立被这些时髦的、艺术性或精神性的欧洲游历者重新打量时，显出荒唐而必须改变的样貌。

　　流散者所经历的撕裂和痛苦在这个"衔接空间"里转化为变革的动力，而在试图对祖国带来改变的同时，流散者自身的重新定位也悄然发生了。他们不再是离开了国境便失去身份的爱尔兰人/北爱尔兰人，而是有根的环游者："这块地方已经在我身体里了。无论我去哪儿，它都跟随着我。"②脱离了地域、宗教和民族主义的规定性疆界，这些漂泊的爱尔兰人与故土的联结不再处于可被忽略与取消的可悲角落，而且成为跨文化空间中的显著标记。剧末，回到英国的格蕾塔坐在婴儿床边，为新生的孩子讲述一个富含隐喻性的故事：她与母亲在冰冻森林里遇见一头黑色牡鹿，母亲惊慌失措，而她将各种莓果捧在手心，喂给这头穿越数百年而来、随时可能将她冰封的巨大动物。牡鹿脸上的冰霜逐渐褪去，呈现出人的面貌；森林里冰冻的一切也瞬间开始解冻，溪水奔流

---

① Devlin, Anne. *After Easter*, p. 49.

② Ibid., p. 74.

而积雪融化。她骑上牡鹿，牡鹿带她奔往"河流起源的地方，你由来的地方……"格蕾塔将它称为"我自己的故事"，但舞台提示特意说明，这位故事讲述者的身边还"留着一张老式空椅"，那是爱尔兰口头传统中说书人（seannachie）的座椅。[①]此时的格蕾塔与历史深处的说书人并置甚至竞争。故事不再是已经终结的成品，而是在越界、变形和颠覆中被表演、被重写。这正是"第三空间"赋予流散者的一种"特权"——即使在北爱的历史重负下，跨民族的审视也能带来对本民族历史和现状的重新理解，对自身身份更具自决性的定位，以及更进一步，当这种被扩展的爱尔兰身份进入并参与故国的现实经验，所一定能激发出的解放与再创造。

▷ *04*

拓宽的认同：《在高地德国》和《十一月的一个夜晚》

德莫特·博尔杰的单人独幕剧《在高地德国》中，在德

---

① 　Devlin, Anne. *After Easter*, p. 75.

国生活的爱尔兰男子约恩（Eoin）在德国阿尔托纳火车站的月台上完成了一场绵长的独白。约恩刚刚与童年朋友米克、肖恩分别，三人此前一同在盖尔森基辛足球场观看了爱尔兰惜败荷兰的一场比赛，约恩将要回到汉堡，米克将要回到都柏林，而肖恩则会回到荷兰，这是他们无数次相约追逐爱尔兰球队在欧洲各个城市比赛的经历之一。这种观赛之旅是连接流落各地的故乡旧友的纽带，而剧作即将展示，它也是通向跨越国界的身份再想象的征途。

约恩和朋友成长于共和国成立之初、民族主义热情澎湃的年代。当他们五岁起热衷于在学校后院玩英式足球时，遭遇过老师莫洛伊痛心疾首的斥责："你们是天选的一代，终于能够自由地生活在自己的土地上的一代！你们却转身背叛祖国的文化遗产，为那外国游戏如痴如狂！"[1] 这种斥责所代表的民族情感是约恩一代爱尔兰人成长经验中的典型话语——他们童年经验中不能抹去的一环，便是声势浩大的复活节起义 50 周年庆典。"夜晚我们跪倒在地……发誓将用鲜血和生命保卫爱尔兰。长大成人、为爱尔兰而死，这便是我

---

[1] Bolger, Dermot. *In High Germany*, in *Dermot Bolger Plays: 1*, London: Methuen Publishing, 2000, p. 82.

们活着的全部意义。"① 这种民族情感中蕴含强烈的殖民对立余波，令 20 世纪 70 年代的年轻人相信，"我们是天选的一代，是将体现过去七百年历史的意义的一代。以上帝之名，以代复一代亡者之名，爱尔兰的男人女人啊，因着祖辈父辈浴血战斗，我们才得以继承这一切，安居于自己的国土、从事着自己的工作、居住在自己的房屋……我们这一代人长大——绝不是为了离开"②。

多年以后漂泊他乡的约恩在回望往事时体会到，这种充满界限感和约束性的情感和话语实际上构成了一种试图规定的力量，"我的一生中，似乎总有人试图从某处告诫我，我属于哪一个爱尔兰"③。很明显，这种话语隐蔽但确定地延续了古老的准绳，即爱尔兰人是居于爱尔兰的土地上、怀抱热烈的民族主义情感的一个共同体；而作为这个共同体的祖国的爱尔兰，极为重要，甚至其深及本质的要素，便是地理意义上的国土——唯有在那片土地上发生的，才被视为真正的爱尔兰经验；唯有在那国境线内萌芽的，才被承认为纯正的爱尔兰认同。

---

① Bolger, Dermot. *In High Germany*, p. 81.
② Ibid., p. 85.
③ Ibid., p. 97.

　　然而球迷约恩的独白,从独特的个人史角度消解着强大的、规束性的话语。20世纪70年代短暂的繁荣稳定戛然而止后,与大批重新背井离乡的爱尔兰人一样,他和伙伴不得不长居异国,寻找生计。当他们逐渐发现周围其他爱尔兰球迷并非如往常一样来自爱尔兰,而是来自"慕尼黑和斯图加特的巴士、伦敦的三辆长途客车,还有柏林、艾因霍恩、科隆、海牙",约恩意识到"情形正在发生变化","好像地面突然开始从脚下滑走"①——不应离开的一代人,终究还是"背弃"了祖国历史赠予他们的光荣。而当他目睹爱尔兰足球队也已不是"我们自己的小小俱乐部,与我们一样来自某条后街的本地英雄",而是"越来越多英国出生的球员,新鲜的面孔,可疑的口音"②,这种动摇和怀疑到达了顶峰。

　　但也正是乘坐火车或大巴追逐于欧洲各个城市的观球之旅、在旅程中遇见的旅居五湖四海的爱尔兰球迷和操"可疑的口音"的爱尔兰球员,以一种超越日常生活,也超越历史遗产的方式改变了约恩——或他所代表的新一代爱尔兰移

---

① Bolger, Dermot. *In High Germany*, p. 84.
② Ibid., p. 88.

民——曾经背负的离开国境的疏离感和负疚心。当他们为在斯图加特举行的某场比赛中击败英格兰而彻夜狂欢时，照例设想着"我们爱尔兰人"将会如何庆祝。那一刻他们意识到，当说"我们"的时候，心中所想的已经不再是都柏林的酒吧，不再是那里齐鸣的喇叭和狂喜的人群，而是"散布欧洲、数量巨大的爱尔兰移民，他们那晚在斯图加特的每个酒吧、每间酒店彻夜歌唱"①。而当他们为惜败荷兰的比赛静立并致敬球员时，"一万三千个我们站在德国球场的看台上"，"一万三千双手一齐鼓掌，整齐如一人，由自豪感紧紧相连"②。在这些几乎类似悲剧"涤净"（catharsis）的时刻，约恩终于拒绝接受童年老师莫洛伊所代表的"他人"或者"历史"所教化的"我属于哪一个爱尔兰"，而是发出宣言："我仅仅属于此处"——在异国的球场，"十一个身着绿色球衣的男子所给予我的爱尔兰，是我唯一能够为之歌唱的爱尔兰"③。这是一个自我承认的流散者的爱尔兰，一个不受地域空间限制的精神爱尔兰。

---

① Bolger, Dermot. *In High Germany*, pp. 89–90.

② Ibid., pp. 97–98.

③ Ibid., p. 97.

与曾在英国做工的父亲永远搭乘慢车回到都柏林看望儿子的轨迹不同，约恩将会搭乘四通八达的欧洲快车，回到汉堡，回到他的德国爱人弗丽达（Frieda）身边，而弗丽达已经怀有身孕，约恩知道"那会是一个男孩，他将有爱尔兰人的高颧骨、乌头发"①；这样的孩子"长着爱尔兰脸庞，但讲着外国口音，对父亲的人生感到惊奇"②；那些只有一半爱尔兰血统的球员"正是为这样的孩子而踢"③；这个孩子是约恩眼中"一颗正在生长的珍珠"④；是一个国境线之间的杂糅空间逐渐成形的支点，支撑着流散者感到"终于在两个世界的边缘达成某种平衡"⑤。

这种边缘之间的平衡正是约恩——或者剧作家博尔杰——决意面对、探究和拥抱的一种身份。如果历史上"搭乘棺材船、挤在运牛船的甲板上"的移民曾被悄然"从历史中抹去"，甚至这种断裂在当代的"机场出发厅"仍在发生，只因他们的离开令自己不再完美地符合"爱尔兰人"的定

---

① Bolger, Dermot. *In High Germany*, p. 93.
② Ibid., p. 97.
③ Ibid.
④ Ibid., p. 98.
⑤ Ibid., p. 94.

义，那么异国球场看台上的"顿悟"则以一种反思和挑战的
姿态让他们，以及他们在 20 世纪 70 年代的后继者"重新找
到了声音"①。漂流者约恩宣称，在异国球场十一个绿衣球员
和一万三千个球迷"群兽般的祈祷声"中发现的爱尔兰是自
己"唯一拥有的爱尔兰"②，非但如此，这个远离本岛的国度
还是他"将传给那将在外国继承我的姓氏和容貌的儿子的爱
尔兰"③。这位漂流者与他发明的祖国互相归属，实际上发出
了比 60 年代《42 号工棚》中的爱尔兰劳工更加激进的声音。
基恩笔下的劳工们开始为自己与祖国的联结而辩护，而《在
高地德国》中，下一代爱尔兰移民将这种联结的本质推向认
同的范畴：如果地缘的必然、历史的余波和世界经济格局的
摇摆使得爱尔兰人出海求生的传统一代代重演，那么爱尔兰
的想象理应包含这些越境之人，爱尔兰的认同理应拥抱这些
羁旅之人，而非谴责他们对祖国的不忠，或将他们隐匿于暧
昧的阴影之下。

　　当爱尔兰不再是离家之人曾经"熟知的那些街巷，或者

---

①　Bolger, Dermot. *In High Germany*, p. 97.

②　Ibid., p. 96.

③　Ibid., p. 97.

父亲所长大的那些田野", 而是球场看台上因为自豪而团结一致、共同拍响的"一万三千双手", 那么爱尔兰身份的疆界便不再终止于海岸线结束处, 而是经由流动的、带上杂糅特征的爱尔兰流散者, 成为一种跨国的认同(transnational identity)。囿于地理边界的"地"的爱尔兰, 在球场——也在剧场——变成了更加包容、广阔和动态的"人"的爱尔兰。约恩的独白发生于在德国车站月台的来去之间, 如果说月台本身即是隐喻着流动和联结的特殊空间, 那么从此处发出的宣告亦以同样的隐喻性, 上演着 20 世纪 80 年代的剧场对移民身份和爱尔兰边界的重新想象。

与博尔杰同时代的北爱尔兰女剧作家玛丽·琼斯从边境的另一侧——因为历史的分割、意识的对立而更加敏感的一边, 在另一部以足球为线索的单人剧《十一月的一个夜晚》里, 在一种特殊的意义上回应了, 或者说加入了这种更具包容性的想象。她在这部作品中维持了一贯的喜剧风格, 贝尔法斯特男子、政府救济事务部小公务员肯尼思(Kenneth)在陪同岳父观看北爱尔兰队与爱尔兰共和国队争夺世界杯资格赛时, 被岳父及他的数千个北爱新教同胞对爱尔兰共和国公开宣示的仇恨、排斥和自大震惊。他们"在球赛上大喊'不给糖就捣乱'", 大喊"格雷斯蒂尔七分, 爱尔兰零蛋"①，"怎会有人低俗到这种地步？"②肯尼思开始怀疑自己从小被教化而相信的、北爱新教徒与天主教徒之间的对立身份，乃至北爱尔兰与岛屿另一边爱尔兰的铁网分界，并在巨大的反叛和好奇中制订了秘密计划，瞒着他体面、虚荣的中产阶级新教家庭，开车第一次越过边境来到都柏林，与上百个爱尔兰"伙计"（lads）一同登上了开往纽约的飞机，前去为爱尔兰队的世界杯之战加油，并由此开始了一场奇妙的融合之旅。从机舱到纽约，他猝不及防地进入了由爱尔兰人和爱尔兰移民织成的既松散又亲密的网络——人们彼此交换包括绿白橙色 T 恤、球票、威士忌和临时住处在内的一切资源，以宽泛的"爱尔兰人"身份实现着一种乌托邦式的信任和友谊。一名新到纽约的球迷帮助新结识的陌生人向爱尔兰移民寻找住处的电话充满喜剧感，也极具代表性：

> 哈啰，我是说哈啰，我叫凯文，你认识我表哥罗比·海根对吧……不不不，你真的认识……对，就是在你移民之前，你们俩一块儿长大的……就在卡文，没错……

① Jones, Marie. *A Night in November*, in *Stones in His Pockets & A Night in November: Two Plays*, London: Nick Hern Books, 2000, p. 56.
② Ibid., p. 59.

> 是的，我知道那是三十五年前的事了。我也知道那会儿你才五岁，不过他说你讲过，不管什么时候只要来美国就一定要来找你……呃，他倒是没来，但是他叫我给你打电话，看看你有没有地方能让我打个地铺。你瞧，他没来，可是我来了呀。我是他表弟，你打小就认识他，而且我也是卡文人呀……太棒了兄弟……我还带着个伙计……太好了，嘿，我找到个兄弟，他那儿还能再睡两个人。①

这个临时的、远离本岛的团体亲密团结，有着惊人的包容性和可以轻易跨越的内部边界。这里面有爱尔兰人、北爱尔兰人、天主教徒、新教徒、共和派、联合派，有男人，也有女人——"她们对球队的了解分毫不输男人"②。这个社群不再被地域、宗教、政治、阶层甚至性别划分成泾渭分明、自我封闭而彼此冲突的小块；在一片绿白橙色的海洋中、在众口哼唱的爱尔兰国家队队歌中，"我们都是杰基队伍的一员"③。

这种混杂和"温暖"④构成了肯尼思从未有过的经验。在

---

① Jones, Marie. *A Night in November*, p. 80.
② Ibid., p. 81.
③ Ibid., p. 79. Jackie's Army，指爱尔兰共和国球队。
④ Ibid., p. 80.

这位早已习惯占有优势地位、刚刚开始察觉其中荒谬的北爱新教中产阶级男子过去三十四年的人生中，"爱尔兰"是一个南北两面需要争抢和界定的概念，而"仇恨、排斥、种族主义和自大"贯穿着每一个儿童的成长①，并因而成为默认的规则，也成为互害、自危的痼疾之源。在他故乡的温莎公园球场，支持爱尔兰国家队的球迷在仇恨的目光下甚至不敢为进球喝彩；而在纽约世界杯球场内外，暂时或永久的爱尔兰流散人群中，"他们把我都视作他们的一员"②。

　　在为汽车炸弹、派系斗争而时刻绷紧神经的三十四年之后，肯尼思将在这个临时群体中的体验称为"一种温暖可爱的归属感"③，他拥抱这种归属感，并试图从历史的角度寻找它的根源。他说，"这一定得追溯到大饥荒时代吧。爱尔兰人抵达这里，像羊群一样涌进棚屋，又各自踏上未知的谋生之途……我想大概就是从那时起，有了一条不成文的规则，那就是爱尔兰人会关爱自己的同胞……甚至包括我，一个从未把自己想作爱尔兰人的爱尔兰人……在他们眼中我也是自己

----

① Jones, Marie. *A Night in November*, p. 67.

② Ibid., p. 80.

③ Ibid.

人之一……我爱这种感觉。"①小组赛爱尔兰击败意大利后，这群不分你我的"爱尔兰人"涌出酒吧，走上第二大道开始忘我狂欢，当警察前来盘查时，他第一次自然而欣喜地说出，"我是一个贝尔法斯特的爱尔兰人"②。大饥荒的记忆再度浮现，但此时它并不仅仅代表仇恨与伤痛混杂的历史创伤，而是成为在当下理解共同体处境的一个重要历史锚点，成为本雅明所说的那种充盈着当下在场的时间。身处流散社群中间，这个北爱的新教徒似被赋予了一种具有超越性的态度，重新理解在故土早已符号化的历史事件。

这种历史的纵深视角开始瓦解从分立（Partition）到20世纪90年代的数十年间南北爱尔兰之间的种种藩篱，共同体的边界显著地扩大了。如果说"十一月的一个夜晚"所发生的融合的狂欢让肯尼思此前习以为常的新教徒优势感、他在工作中对天主教徒的有意刁难，以及他所习惯的汽车炸弹阴影显得荒谬可笑，那么当爱尔兰的剧场开始呈现这个夜晚，呈现从爱尔兰移民聚集的心脏——纽约回望本岛时的巨大对比与反讽，移民这一"居于当代爱尔兰经验核心"③的经

---

① Jones, Marie. *A Night in November*, p. 80.
② Ibid., p. 83.
③ Llewellyn-Jones, Margaret. *Contemporary Irish Drama and Cultural Identity*, p. 120.

验即开始为一种更新的认同、一种二元对立的化解提供了背景、视距和角度。这并非仅仅发生于剧场的假想，也是散居于美国以及世界的数千万爱尔兰裔移民在推动北爱和平进程中发挥巨大作用的事实。[①] 如果说爱尔兰后裔肯尼迪当选美国总统时，爱尔兰人所普遍感到的"一种巨大的提振"（a big lift）[②] 在更大程度上是关于流散者所能为自己创造的境遇和企及的高度，那么自称有爱尔兰血统的克林顿总统在 20 世纪 90 年代的北爱和平进程中的深度参与，则为此种认同提供了更具本地性和当下性的经验。

05
突破的想象：《白女人街》和《女士们先生们》

这一时期还出现了更具颠覆性的作品。倘若说《在高地德国》从一段段跨国追球之旅中发现位移中不灭的家园，从而探索了不为地理国界所限的爱尔兰认同；《十一月的一个

---

① 罗伯特·基，《爱尔兰史》，第 344 页。
② Tóibín, Colm and Tom Murphy. "Interview with Tom Murphy", p. 46.

夜晚》从流散者的距离消解爱尔兰经验中的南北派系对立，窥见了一种更具包容性的爱尔兰身份；那么桂冠小说家塞巴斯蒂安·巴里的剧作《白女人街》则将反思的目光投向爱尔兰的殖民受害历史叙事，以及此种叙事下看似稳定的爱尔兰身份，并试图在世界的版图上、跨民族的历史中重新定位爱尔兰。

剧情背景设置于 1916 年的美国俄亥俄州，围绕流落北美荒野、过着强盗生活的爱尔兰人特鲁珀·奥哈拉（Trooper O'Hara）最后一次亡命之旅展开。特鲁珀是一个五人强盗团体中的灵魂人物，此番正是率领众人去往偏僻小镇"白女人街"打劫一列运送黄金的列车。特鲁珀在这次不成功的行动中受重伤，在同伴"愿你的眼睛再看见故乡爱尔兰的山楂树"[①]的祈祷声中死去。假使以这种过分简单的叙述来概括，《白女人街》几乎完美地展现了爱尔兰放逐者在客居国的边缘经验，甚至吻合关于爱尔兰不法之徒的种种刻板印象。但剧作家的志趣显然不在于此。

特鲁珀重返白女人街的真正目的并非打劫列车，而是

---

① Barry, Sebastian. *White Woman Street*, in *Three Plays by Sebastian Barry*, London: Methuen Drama, 1996, p. 181.

在回归爱尔兰之前"祈求一个鬼魂的谅解"①。这个鬼魂便是三十年前在当地欧洲劳工中远近闻名的一个妓女，"五百英里荒野中唯一的白种女人"②。她几乎成为这些漂泊男子最强烈的乡愁寄托，是他们愿意拿出苦役血汗所得共度一晚的女神。可是当年轻的特鲁珀怀揣所在军队剥下两百张印第安人头皮而获得的奖金，急切地跋涉二十英里来到白女人街，想要从她的身上"看见家乡的一瞥，看见同乡男子心中的女神"③，却在意外掀开暗室门帘时发现所谓的白女人其实是一个印第安女孩。这个女孩在极度的惊恐中抓起特鲁珀的英国军刀抹喉自杀。这是特鲁珀"一生中最黑暗的一天"④，是他离开军队，成为一个更加边缘的法外之徒的转折点，也是他最终以死亡才得和解的深刻危机。

　　这场危机的核心在很大程度上隐藏于从受害者到施害者的身份流动性。特鲁珀的身世原本符合社会学家科恩（Robin Cohen）对"受害流散"的标签定义：他被迫离别开满金雀

---

①　Barry, Sebastian. *White Woman Street*, p. 140.

②　Ibid., p. 161.

③　Ibid., p. 163.

④　Ibid., p. 140.

花的故乡斯莱戈（Sligo），因为那里的农场"产出寥寥"，孩童"冻毙于水沟中"，而兄弟"嘴角发青惨死"①。很明显，特鲁珀是殖民创伤事件——大饥荒时代——一百五十万逃往大洋彼岸的移民之一。但他在美国的经验是非典型的，因而往往被大叙事省略：在这片客居的土地上，他并未像大多数同胞一样作为农民"推犁、举斧，如同犬豕一般土里刨食"②；也未作为劳工挖掘运河或修建铁路，"吃苦受累，许多人死于其中"③；而是由斯莱戈经科克来到纽约，在那里"以我的金雀花、我的父辈和我的斯莱戈换了一匹战马，从此马鞍便成了我的家，而我便加入了印第安战争中的一场场厮杀"④。强烈的反讽产生了：在殖民剥削下的故乡失去生计而被迫离散的爱尔兰青年，在美国获得的新身份竟是殖民者中的一员。

　　这种极具反讽性的矛盾在印第安女孩之死中达到顶峰：特鲁珀在边缘者的乡愁驱动下，以一种近乎朝圣的心理寻求与著名的"白种女人"共度良宵；但不仅"白种女人"的真

---

① Barry, Sebastian. *White Woman Street*, p. 163.
② Ibid.
③ Ibid., p. 148.
④ Ibid., p. 140.

实身份令家园找寻的冲动陷入幻灭，他作为殖民者象征的军装和军刀反而造成了幻想的投射中另一边缘者的死亡。爱尔兰人的受害史被与印第安人的受害史并置，1916 年复活节起义的遥远背景被与北美大陆上欧洲殖民者对原住民的屠杀并置。评论家奥图尔认为这种并置"非常具有 20 世纪晚期的特点"，因为它"逆爱尔兰历史以被殖民—反抗为主题的宏大叙事而行……展现了故事的另一面"①。在奥图尔的评论之外，这种并置还有另一种深刻的意义，那就是打破爱尔兰传统上稳定的受害身份叙事，表达身份的流动性。特鲁珀发现印第安土地与爱尔兰家园充满矛盾的相似：

> 你见过真正的印第安居住地吗？不是现在他们安排给印第安人的那种，不是传教士把他们圈养在内、教会他们新的语言、让他们穿上衬衫、看起来又精神又勤快，也不是醉醺醺、舞刀弄枪的那种。你见过真正的印第安小镇吗——帐篷小镇？我一看就想起斯莱戈的山，还有斯莱戈山里的人来。我还想到，英国人曾经对我们干下

---

① O'Toole, Fintan. "Introduction: Grace and Disgrace", in *Three Plays by Sebastian Barry*, p. vii.

的事情，我们现在不是正在对印第安人干吗？①

在语境的转变中，被殖民者可能成为殖民者，被压迫者亦可能成为压迫者。特鲁珀的醒悟和忏悔，代表了一种后殖民时代"他者"对"他者"的理解和共情，这不可谓此前爱尔兰戏剧中所罕见的一种洞见，它预示着一种跨民族文化认同的萌生。

《白女人街》中强盗团伙的兄弟氛围为这种跨民族性提供了一种特殊的呼应。它的五名成员来源迥异：除爱尔兰人特鲁珀外，还有英国人布莱克利（Blakely）、美国俄亥俄州阿米什人莫（Mo）、纽约布鲁克林俄中裔混血儿纳撒尼尔（Nathaniel），以及田纳西黑人詹姆斯（James）。剧作固然有呈现他们之间基于种族的偏见和冲突，例如英国人布莱克利嘲笑爱尔兰人"活得像野蛮人一样……不穿鞋，也没什么吃的……在美国的夹缝里像蟑螂一样生存，或者就像他们自己身上的虱子似的"②。但更多的笔墨被放在呈现他们之间相通的苦难背景和团结的兄弟情谊上：莫因为阿米什社群保守僵硬的宗教戒律而出走，且因此永远无法回还；纳撒尼尔因为

---

① Barry, Sebastian. *White Woman Street*, p. 158.
② Ibid., p. 159.

俄中血统而无法融入布鲁克林的美国社群，带着无法实现的乡愁和无法消除的隔阂而自我放逐；詹姆斯逃离家乡"深南"田纳西州对黑人的压迫而一路向北，只为在北部能够自由自在地行走；而英国人布莱克利的出身更体现出帝国内部地域和阶级分化下的弱势者经验——"我们没有食物可吃，那便是我离开格里姆斯比的原因。在我之前，其他许多格里姆斯比人也离开了那里……来到美国。现在我布莱克利已经想不起自己的教名，但不会忘掉那些早已不在人世的乡人出发之处、他自己出发之处"①。五个强盗互相坦承自己或故乡灾难深重的历史，在世界的边缘之境达成基于共同性的理解，并且由此构筑起一个团结的小小共同体，"轻摇着我，给我栖息之地，就像家一样，虽然我们每日迁徙不停"②。

研究者卢埃林-琼斯（Margaret Llewellyn-Jones）认为此处"无根且边缘化的法外之徒们所结成的兄弟情谊"预示着"未来的多元文化身份范式"③。的确如此，但理应同样受到注

---

① Barry, Sebastian. *White Woman Street*, p. 180.
② Ibid., p. 166.
③ Llewellyn-Jones, Margaret. *Contemporary Irish Drama and Cultural Identity*, p. 132.

意的是，这种面向未来的眼光中涵盖了对受害者思维定式的破除。当爱尔兰的流散者与他国的流散者相遇并产生联结，一种纵横的坐标产生了，而在跨国语境下重新自我定位的可能性亦随之诞生。

剧场中的先声之作并不是孤立的文化现象。事实上，对国家身份的再思考和重新定位是世纪之交知识界的主题之一。历史学家利亚姆·肯尼迪（Liam Kennedy）的著作《不幸的土地：爱尔兰是历史上受到压迫最深重的国家吗？》（*Unhappy the Land: The Most Oppressed People Ever, the Irish?*, 2016）中写道，爱尔兰广泛存在一种主导叙事，相信本国是"历史上遭受压迫最为深重的国家"（简写为 MOPE），而"这种欺骗性的框架既诉诸情感也诉诸理性，在形塑爱尔兰的历史认知上影响巨大"①；另一位历史学家露丝·爱德华兹（Ruth Dudley Edwards）呼应肯尼迪的观点，称这种心态已成为民族主义者紧抱不放的"一条安慰毛毯"②。当剧场中跨越国界

---

① Kennedy, Liam. *Unhappy the Land: The Most Oppressed People Ever, the Irish?*, Kildare: Merrion Press, 2016, p. 11.

② Edwards, Ruth Dudley. "Yes, so Ireland was occupied-get over it and look at how the invaders spared us a worse fate". *Belfast Telegraph*, 20 June 2016.

的流散者形成一个同盟，受害经验成为可以交流、对比和共情的共同经验，更具颠覆性地——受害与施害身份之间的可转化性被发现，一种超越狭隘民族认同的身份定位便开始产生了，它将极大地修正和丰富当下的爱尔兰的文化叙事。

从流散者的角度出发，此时的爱尔兰剧场打破的禁忌中，关于历史的宏大叙事只是其中一项。在很大程度上，流散剧作家和他们的移民人物亦成为关于性别禁忌的最初发声者，而在天主教传统深厚的岛国土地上，这个议题曾长久耽于压抑静默。由都柏林经英国、后定居加拿大的剧作家爱玛·多诺霍是发声者里极具代表性的一位，而她的作品《女士们先生们》中漂流美国的爱尔兰姑娘莱尼（Ryanny）的成长史则是离乡的爱尔兰人在跨文化空间获得性别自由的一个典型缩影。

莱尼的来历颇富隐喻性：都柏林的一家修道院出资送她远赴美国，条件是她成为一名修女。到达纽约后，她却因为不肯服从主事修女的命令捐奉母亲的遗物而从修道院出走，走进转角的剧院，在一家巡游歌舞杂耍剧团找到一份化妆师助理的工作。从神圣空间到世俗空间的转换预示了莱尼此后的命运：她将以一系列的反叛打破"美丽爱尔兰少女"（fair Irish girl）的约束性身份，享受性别解放带来的自由。

歌舞杂耍剧团的流动和狂欢属性在莱尼的解放中扮演了环境催化剂的作用。她从一开始"挣扎着勉强理解"[1]跨性别表演；到从演员的变装和自我认同中朦胧地理解性别的社会建构性——"我并不假装自己是男人，我是扮演男人"[2]；她观察演员的同性情感关系，自知在她的爱尔兰天主教成长背景中"从来不知还有这种事情"，且清楚"家乡的人们是绝对不会理解的"，但以"自己的头脑"理解和接受了这种越轨[3]；最终直面自己与变装女演员安妮的真情，以主导者的姿态令安妮女扮男装完成了仪式圆满的婚礼。她这样描述自己的决心："既然我有胆量穿过大西洋的风浪来到这里，那就也有足够胆量做这件事"[4]——这是一个爱尔兰移民的传奇

---

[1] Donoghue, Emma. *Ladies and Gentlemen*, in *Emma Donoghue: Selected Plays*, London: Oberon Books, 2015, p. 223.

[2] Ibid., p. 225.

[3] Ibid., p. 250.

[4] Ibid., p. 263.

故事，它糅合了在新大陆发现的勇气和来自故乡爱尔兰式的
狡黠。

《女士们先生们》中发生了至少三重位移：从爱尔兰到
美国的位移，从宗教氛围到世俗甚至粗俗氛围的位移，以及
从性别确定性到性别流动性的位移。在这三重位移中，莱尼
褪去了故国曾赋予她的种种标签：她不再是一个天真无知
的乡村姑娘，不再是一心侍奉天主的修女，不再是在传统
婚姻中寻找人生坐标的女性——在一系列的挑衅和反叛中，
这位普通的移民女子获得了她在家乡所难以获得的主体性
（subjectivity），得以对自身身份的认知和生活方式的选择拥
有自决的权利。这种基于性别的主体性在 20 世纪 90 年代的
爱尔兰仍是一块敏感而未定的领域，尤其对于女性和少数性
别群体。

剧作家爱玛·多诺霍在写作生涯中致力于宣示主体性。
在爱尔兰"对女同性恋身份极为抵制"①的时代环境里，她
一直公开自己的性少数身份，并坚持为独立剧院和非主流艺
术节创作。《女士们先生们》便是受邀于"玻璃屋剧院公司"
（Glasshouse Productions）而作，这家独立剧院公司由四位女

---

① Leeney, Cathy. "Introduction", in *Emma Donoghue: Selected Plays*, p. 5.

士创立，专演爱尔兰女戏剧家的作品——她们的开拓性显而易见——女戏剧家的工作在爱尔兰长期处于边缘化的地位，但缺乏女性声音的爱尔兰剧场绝非完整的爱尔兰剧场。多诺霍作为性少数女作家的身份令她的创作更具边缘性，但从边缘地带的发声正是挑战空白、隐形和压抑的姿态。《女士们先生们》在都柏林演艺剧院（Project Arts Theatre）的首演大获成功，这在一定程度上证明少数者的声音开始拥有听众，这与世纪之交爱尔兰社会中性别议题的兴起无疑有着互为因果、交相推动的关系。这部剧作的演出甚至受到了爱尔兰艺术委员会（the Arts Council of Ireland）的资助，这表明剧中所关切的性别议题和少数者声音亦已开始受到官方关注和鼓励。在这部被评论家利恩尼（Cathy Leeney）称为"爱尔兰剧院中蓬勃发展的反向运动（counter-movement）"剧目的作品中，剧作家和人物的移民身份扮演了十分关键的作用。英国和加拿大更早兴起的多样化性别意识无疑为多诺霍提供了激进的观点和反思故国文化的必要距离，而大都市纽约歌舞剧团的流动性、狂欢性和世俗性则为莱尼提供了定位自我身份的全新锚位。剧作家多诺霍和她的人物莱尼体现了流散者所能在异国获得的"独特而充满创造性、能丰富既有意识的

生活"①。来自国界以外的视角和声音，为打破本土文化和社
会氛围中压抑已久的禁忌，更新和丰富爱尔兰认同的多样性
注入值得珍视的力量。

---

① Hickman, Mary J. "'Locating' the Irish Diaspora", in *Irish Journal of Sociology*, 2002, vol. 11:2, p. 9.

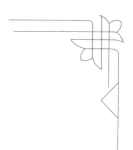

第 **3** 章

回　归

　　思乡病并非羁留海外者的特权。对一些人而言，重新适应在他们离家期间已然改变的故乡、适应那些对他们的经历一无所知的乡人，是同样深具创伤性的经验。

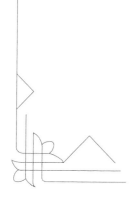
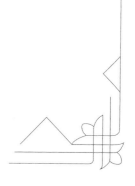

概述：并非坦途的回归

　　流散的背面是回归。爱尔兰裔美国导演约翰·福特（John Ford）的著名电影《蓬门今始为君开》（*The Quiet Man*, 1952）中，回归被刻画为对失落已久的家园之追寻与重获。影片中童年离乡的明星拳击手肖恩·桑顿（Sean Thornton）因厌倦了美国充斥着金钱和暴力的名利场决定回到爱尔兰，再乘坐慢速蒸汽火车抵达家乡茵梦湖（Innisfree）。他渴望在这个世外桃源般的爱尔兰西部乡村隐姓埋名，为自己重建一种基于古老秩序的传统生活。影片里大面积的绿野、传统式样的毡顶白色小屋、红发如瀑的爱尔兰姑娘，无不是以传统想象中田园爱尔兰的意象为流散者提供归属和慰藉的力量。影片的戏剧冲突亦不外乎乡村生活中的茶杯风波：桑顿爱上本地姑娘玛丽凯特，玛丽凯特的哥哥觊觎她的嫁妆而扣留不给，本已金盆洗手的桑顿无奈之下再度亮拳，赢回财产和美人，也恢复了淳朴乡村的秩序。这部影片在海外市场掀起一时风潮，并获得了当年的奥斯卡最佳导演奖和最佳摄影奖。它向爱尔兰的流散者描绘了一片理想化和浪漫化的乐土，这里因前工业时代式的稳定不变而充满永恒感；也向他们许诺一种存在于封闭秩序中的安全感，一种存在于有限社群中的归属感。

然而在同样书写回归的爱尔兰戏剧舞台上，一个鲜明的特点却是，回归者的经历鲜被呈现为肖恩一样的坦途，故乡爱尔兰也与茵梦湖平静的田园美景相去甚远。事实上，无论20 世纪 60 年代戏剧对流散经验关注的肇始之际，还是"凯尔特之虎"前后回归者潮涌般入境的背景下，爱尔兰剧作家笔下的返乡之旅都往往灰暗艰辛，危机暗伏，甚或充满悲剧性。在这些剧目中，怀抱寻根之梦而启程的归巢者往往遭遇故乡的拒斥，面临精神的崩溃甚至残酷的死亡，爱尔兰几乎是他们无法回还的家园。从 60 年代的《牧场》到 80 年代末的《亚瑟·克利里的挽歌》(*The Lament for Arthur Cleary*, 1989)，爱尔兰的剧院一次次见证着归巢者在故乡遭遇的阴谋与杀戮；从"第二次戏剧复兴运动者"弗里尔的《卡丝·麦盖尔的爱》(*The Loves of Cass McGuire*, 1966) 到新生代作家德克兰·休斯 (Declan Hughes) 的《寒战》(*Shiver*, 2003)，爱尔兰的舞台一遍遍演绎着返乡者在家乡掀起的风波和遭逢的拒斥。这些关于回归的戏剧已与《蓬门今始为君开》式的温和风俗喜剧相去甚远；与从美国回望爱尔兰的好莱坞导演约翰·福特相比，爱尔兰的剧作家似乎不约而同地执着于挖掘回流的离乡者经历中的残酷、困惑和冲突。也许正是因为此，当《蓬门今始为君开》渐被批评家贬斥为"只不过想要呈现离乡者关于回归的幻梦，而根本不关心爱尔兰的真实面貌"[①]时，布莱恩·弗里尔、汤姆·墨菲、马丁·麦克多纳、玛丽·琼斯等人关于坎坷归途的剧目却仍在都柏林、伦敦、纽约，甚至亚洲的城市上演并引发不断更新的讨论，《他口袋里的石头》（*Stones in His Pockets*, 1996）等剧作甚至以戏谑的风格将《蓬门今始为君开》纳入互文，修正其中想象的谬误。剧作家、剧中人、演出者和观众在幕布启合间共同度过祛除了浪漫化风味的旅程，反向的流散经验在此间被置于立体的社会历史空间中审视。而在这些艰难旅程中被挑战、拓宽和丰富的身份之思，真正加入了后民族主义时代爱尔兰认同的变迁。

文化史学者沃德在著作《放逐、移民与爱尔兰书写》（*Exile, Emigration and Irish Writing*, 2002）一书的前言中，以极为私人而亲密的笔触袒露流散者对家园和归家的复杂感

[①] Gibbons, Luke. "Romanticism, Realism and Irish Cinema", in Rockett, Kevin, Luke Gibbons, and John Hill, eds., *Cinema and Ireland*, London: Routledge, 1988, p. 204.

受。20 世纪五六十年代的英国，童年的沃德不断从父母和礼拜天来家聚会的其他爱尔兰人口中听到"家"（Home）被充满感情地提起。作为儿童的他敏锐地理解到"家"对这些成年流散者永恒的吸引力，那"灌木林间的蒂龙郡"是"由来之地、渴望回归之地"[①]，它令人感到天然的吸引，因为其承诺一则关于自身的历史，也引介一个与自身有着血缘或文化渊源的社群。它令人确信自己的身份与身边的本土英国人（或者其他任何移民地的本土人群）的确不同："信奉天主教、属爱尔兰裔、既跨国又本地"；另一方面，这些异乡人却又永远"处于边缘，身为观察者，顶多是半个参与者或混杂者，既不完全英国也不完全爱尔兰——海伯尼亚英国人——是一种正在生长、与众不同的文化形构"。[②] 这种文化形构在相当长的历史时期中都意味着尴尬与困惑。少年时代偶尔回访爱尔兰的沃德便曾为那里出生长大的表兄妹脱口而出称他为"英国人"感到惊惶（disconcerting）。

事实上，生活于海外的爱尔兰人，尤其构成其核心和多数的劳工阶层，长期生活于故国和他乡的夹缝之间，感受着

---

① Ward, Patrick. "Foreword", in *Exile, Emigration and Irish Writing*, p. vii.

② Ibid., p. viii.

双重的异化和疏离。一方面，他们往往居住于移民聚居的区域，有着强烈的少数群体意识，并如同沃德父母和朋友一般，始终怀抱回归的夙愿。另一方面，他们又因肤色、语言与客居国本土人群的相同而被视作并不典型的少数族群：20世纪90年代的英国曾掀起一场辩论，争执爱尔兰人是否应被承认为一个少数族群；而在美国的爱尔兰人则被许多人认为"早已融入白色人种的主流美国社会"，而他们回归故土的渴望甚至被归为"感伤和执迷的姿态"（sentimental and fetishistic），或者"在多元文化崛起之际找寻一种独特性标记"的尝试而已。[1] 在这样的夹缝处境中，爱尔兰流散者的身份显得漂移难定，而他们归乡的情感动机，甚至家园的定位本身亦陷入充满困惑、疑虑甚至危险的迷雾。与沃德的亲身经验一样，弗里尔剧作《卡丝·麦盖尔的爱》中离家五十余年的卡丝怀着浓烈的眷念回到故乡，却发现自己所渴望的家庭纽带已然断裂，熟悉的邻里社群已然变得疏远，人们甚至当面或背地里称她为"那个扬基佬"[2]。爱尔兰的每个城市和乡镇都见证过沃德式的惊惶或卡丝式的错位，他们在异乡的孤独与异化中怀念故土，却又在回归故土时失根漂流，成为双重的

---

[1]　Lloyd, David. "Making Sense of the Dispersal", in *Irish Reporter*, 1994, 13:1, p. 4.

[2]　Friel, Brian. *The Loves of Cass McGuire*, Loughcrew: The Gallery Press, 1992, p. 16.

局外人。

　　更无须说，在爱尔兰的生活经验和叙事语境下，从异国回归的旅程素来就凝结着复杂的情感和矛盾的张力。在这个 20 世纪以前欧洲人口流出率最高而回流率最低的国度 ①，传统叙事中流散者的归家是几难实现的愿望，是民谣《康尼马拉老母亲》中伛偻老妪在海岸这头对儿子恒久而无果的守望，是戏剧《基尔伯恩高路的国王们》里头发花白的爱尔兰工人空空如也的口袋，买不起的一张船票；它同时也是思乡、归属、野心、遗忘和疏远之间不断角力的动态过程，是故乡人对 "归来的扬基佬"（returned Yanks）和 "塑料巴弟"（Plastic Paddies）混杂身份的戏谑，以及对他们钱夹里美元或英镑的觊觎 ②。虽然多个世纪以来，整个欧洲早已形成了移民以 "暂时"（temporary）和 "回环"（circular）为特征的模式 ③，但爱尔兰早已习惯它的儿女永久地远离故乡——及至 20 世纪初，

①　Harper, Marjory. "Introduction", in Marjory Harper, ed., *Emigrant Homecomings: The Return Movement of Emigrants, 1600–2000*, Manchester: Manchester University Press, 2005, p. 6.

②　Hickman, Mary J. "'Locating' The Irish Diaspora", p. 16.

③　Wyman, Mark. "Emigrants Returning: the Evolution of a Tradition", in Marjory Harper, ed., *Emigrant Homecomings: The Return Movement of Emigrants, 1600–2000*, pp. 18–19.

来自英国、巴尔干半岛、意大利及其他南欧国家，甚至俄罗斯的回流人口数据都大大高于贫穷的海伯尼亚。① 就如同离乡时人们为流散者举行的"美国守灵夜"所预示的一样，在长久的岁月中，爱尔兰移民的外流都曾笼罩于失落的感伤，而他们的回归——尤其是落寞者的回归——甚至常常烙印着"失败的耻辱"②。在玛丽·琼斯 20 世纪 90 年代的作品《他口袋里的石头》中，仍可见到对此种耻辱的再现与颠覆：32 岁男子杰克从美国回到家乡，与母亲同住，靠救济金过活；而这位典型的"失败者"即将在故乡颠覆自己的失败和爱尔兰的失语。

应当看到，20 世纪 90 年代的政治话语和民间情绪开始发生变化，终于开始令沃德、卡丝和境遇相似的流散者所经历的困惑得到纾解。此时的爱尔兰正迎接着开放与更新的浪潮：岛国加入了欧盟，迎来了以包容和外向著称的第一位女总统玛丽·罗宾逊，全球化的思潮席卷了城市和乡镇。这位开一时风气之先的女总统在议会演讲中以"第五省"指代理想中"更加开放和包容，更具调谐与治愈之力"的"新爱尔

---

① Harper, Marjory. "Introduction", in Marjory Harper, ed., *Emigrant Homecomings: The Return Movement of Emigrants, 1600–2000*, pp. 5–6.

② Pine, Emilie. "The Homeward Journey: The Returning Emigrant in Recent Irish Theatre", *Irish University Review,* 2008 vol. 38, no. 2, p. 310.

兰"①，又在公开演讲"珍视爱尔兰的流散群体"中进一步阐明，移民是"关于奉献和适应的一个极富力量的故事"，也是"我们社会的财富之一"②。政府的公民服务网站专设"回到爱尔兰"（"Returning to Ireland"）页面，为计划回归者或已踏足故土者提供从证件办理、生活资讯、创业指南、子女入学到医疗保障等各项指南。③ 20 世纪 90 年代后期，小岛开始迎接此前历史上从未有过的境况：每年涌入爱尔兰者与人口移出的数据几乎相抵，甚至最终超过后者。④ 而流入的人口中，除了被"凯尔特之虎"时代的繁荣经济吸引前来寻找工作机会，或寻求政治庇护者之外，还有相当大一部分是从海外回流的爱尔兰人或爱尔兰后裔。

随着官方对流散群体（diaspora）的重视，民间的态度开始松动和宽容，但返乡者仍往往成为家族、村庄和小镇窥视

① Robinson, Mary. "Speech made to the assembly" (1994), http://www.assembly. coe.int/nw/xml/Speeches/Speech-XML2HTML-EN.asp?SpeechID=183, accessed on June 6th 2022.

② Robinson, Mary. "Cherishing the Irish Diaspora" (1995), https://president.ie/en/ media-library/speeches/cherishing-the-irish-diaspora, accessed on June 2nd, 2022.

③ Citizens Information Board. https://www.citizensinformation.ie/en/returning_ to_ireland/overview_of_returning_to_ireland.html, accessed on June 2nd, 2022.

④ Corcoran, Mary P. "The Process of Migration and the Reinvention of Self: The Experiences of Returning Irish Emigrants", pp. 176–177.

的好奇对象，成为优越感的矛盾标的物。《爱尔兰时报》也开辟了固定专栏"回到爱尔兰"（"Returning to Ireland"），不仅以更灵活、民间、实时的角度提供以上指南的更新版本，而且刊发许多普通回归者的心路历程，千奇百怪，蔚为大观①。大小媒体开始讨论回流的人潮给小岛带来的冲击，检视他们较高的教育程度和在外的工作经验，分析他们带回的妻子与未成年孩子对社会福利和教育系统的影响，考虑他们将会占据的工作机会，预测他们将会推高的房产价值——这一切兴奋与担忧交织的情绪，大半来自这种移民外流和移民回归数量几乎相抵情形的完全新颖，也来自人们理解上十分自然的滞后：过去数个世纪的爱尔兰早已习惯"婴幼儿死亡、肺结核与向外移民三者相合，夺走每个年龄层一半人口"的苦痛经验②。喜悦、陌生、警惕和担忧，构成了留守故国者对归巢者微妙丰富的视角。

对归巢的移民本身而言，这种崭新浪潮亦意味着更加复杂的经验和况味。社会学研究的视野中，正如《饥荒》、《42

---

① *The Irish Times.* https://www.irishtimes.com/life-and-style/abroad/returning-to-ireland, accessed February 6th 2022.

② Fitzgerald, Garret. "Population Implications in Our Balanced Migration", https://www.irishtimes.com/opinion/population-implications-in-our-balanced-migration-1.27872, accessed February 9th 2022.

号工棚》和《呢喃林》等剧作所呈现的情况，传统的爱尔兰移民是贫苦祖国向海外的二级劳动力甚至灰色经济市场输出的零工、苦役，他们在海外自然进入同乡的社群，从事刻板印象中爱尔兰人的工作，并少有回归的可能；[①] 即使归乡，大多也不外乎"五大原因：在新国家出人头地、失意潦倒、思乡病、回家继承农田财产，或者厌恶外国生活"[②]。而又如同新一代剧作家凯蒂·奥赖利（Katie O'Reilly）所著《归属》（*Belonging*, 2000）、德克兰·休斯所著《寒战》等剧作中所展现的，晚近的爱尔兰移民更多是受过良好教育、怀着打破祖国的结构性、资源性局限而追求自我实现的目标去往异国的。在海外，他们拒绝使用爱尔兰身份所具有的招牌式意味，回避聚集于同乡社群，而是试图在鼓励梦想、冒险、选择的环境中重新发明自我。[③] 有趣的是，这代移民的回归往往正好与此相关。在异国都市的原子化生存一方面意味着巨大的自由，另一方面也意味着扎堆的传统移民在当地社群即可获

[①] Corcoran, Mary P. "The Process of Migration and the Reinvention of Self: The Experiences of Returning Irish Emigrants", pp. 187–188.

[②] Wyman, Mark. "Emigrants Returning: the Evolution of a Tradition", p. 21.

[③] Corcoran, Mary P. "The Process of Migration and the Reinvention of Self: The Experiences of Returning Irish Emigrants", p. 181, p. 188.

得的情感和社会关系代偿对精英移民来说反而遥不可及。这暗示着他们中间悄然萌生且日益强烈的一种心理需要："想要与过去建立某种深具表达力的关系，想要将特定地理位置作为关联和连续性的节点，在文化和社群之间建立联系。"①

很自然地，此种被过分笼统地称为"思乡"的情愫，在爱尔兰归巢者的情境下变得富有结构性区别和多重情感张力。归巢者自身的心理经验往往刻满想象与现实、神化与俗常的落差。这些有过跨界生活经历的人为了熟悉亲近的社群而来，却屡屡震惊于这些社群里顽固的落后；他们带着对悠远传统的怀念而来，却发现这些传统常常成为文明的障碍；他们怀着对爱尔兰的浪漫化梦想而来，却发现故乡已与世界其他角落愈发同质化，这里的生活不再围绕温暖的邻里社群、紧密的家族纽带，也变得瞬息万变、流动不居——这些梦想者一次次惊醒，发现自己跨越万里，却回到了想要逃离的秩序中间。

作为流散书写的自然延续或有机部分，爱尔兰的剧场再一次举起了面向国族生活之镜，捕捉蕴含于"回归"之下充满矛盾与张力的经验，捕捉逆向旅程中的冒险与新

① Rustin, Michael. "Place and Time in Socialist Theory", in *Radical Philosophy*, 1987 (47), pp. 33–34.

知。如果如萨义德在《知识分子论》(*Representations of the Intellectural*, 1996)中以平衡而感性的语言所描述的那样，流亡者在海外"处于一种中间状态，既非完全与新环境合一，也未完全与旧环境分离，而是处于若即若离的困境，一方面怀乡而感伤，另一方面又是巧妙的模仿者或秘密的流浪人"①，那么当他们回归故乡，此种若即若离的关系和秘密模仿者的身份又会为自身和祖国带来何种波澜？回归者的经验进入了从弗里尔、墨菲等一代"第二次戏剧复兴运动"剧作家的创作，也在延续与更新中进入玛丽·琼斯、德克兰·休斯、爱玛·多诺霍等后继一代剧作家的视野——在岛内外的主流剧院、小剧场和戏剧节上，移民的逆向旅行被观望和审视，爱尔兰流散经验在舞台上生发出空间上、情感上和认知上的再度变形和丰富。归巢者身上已有在异国经历的边缘化体验，而当返家的旅程曾经许诺的根基感、社群感和归属感一一落空，双重边缘化的境遇意味着这些人物身上的流散症候远非得到治愈，而是愈加复杂、深刻和富含悲剧性。历史学家玛乔丽·哈珀（Marjory Harper）在研究欧洲移民回流史的作品《移民的归家：1600 至 2000 年间的移民回流》

---

① 爱德华·萨义德，《知识分子论》，单德兴译，北京：生活·读书·新知三联书店，2002 年，第 45 页。

（*Emigrant Homecomings: The Return Movement of Emigrants 1600–2000*, 2005）中以共情的笔触写道："思乡病并非羁留海外者的特权。对一些人而言，重新适应在他们离家期间已然改变的故乡、适应那些对他们的经历一无所知的乡人，是同样深具创伤性的经验"。① 当这种此前无论在日常经验、艺术呈现和学术批评中都甚少受到关注的创伤性经验登上爱尔兰的舞台，归属、家园、失根、双重边缘化、内在流放等关键词不可避免地进入视野。但凝结于回流移民经验的并非对流浪者观察的重复，回岛旅程的悲喜剧中蕴含着多重新颖的意义。

一方面，移民返回故乡后的迷茫与失根不再能归咎于地理上的位移，而在更大程度上提示着旧有的爱尔兰想象的破灭和重新想象的开始。诸多人物的回家之梦源于乡愁，源于对社群和传统的怀念，源于对故乡抽象和浪漫化的幻想，而当他们重新踏上祖国的土地，不仅发现故园旧景正在被都市景观蚕食，生活节奏不再一如往昔缓慢舒展，而日常生活已经不再围绕着亲密的村落社群或家族体系而展开。更有甚者，归巢者在故乡的遭遇暴露出现实层面社会变革中道德

---

① Harper, Marjory. *Emigrant Homecomings: The Return Movement of Emigrants, 1600–2000*, p. 151.

崩塌、犯罪滋生、权力腐败等秘而不宣的问题，甚至暴露出全球化或美国化潮流下小国经济的脆弱处境——《亚瑟·克利里的挽歌》中的亚瑟（Arthur）正是死于都柏林城中地下黑暗势力的胁迫，《家园》（*Homeland*, 2006）中的杰里（Jerry）在一次返乡出差中经历了政治腐败的现状，而《归家对话》（*Conversations on a Homecoming*, 1985）中令迈克尔（Michael）魂牵梦萦的精神家园"白宫"酒吧早已在二十世纪七八十年代的萧条中褪去此前美国化梦想所许诺的自由与繁荣——一种巨大的幻灭和痛苦发生了，人物不得不重新面对"存在的孤独"（existential isolation）①。归属、联结和延续感的断裂提示着神话祛魅的必要性——当跨文化旅行者们失望地发现爱尔兰与他们告别的外部世界日趋同质，甚至正在成为全球化跨国资本系统中的一个结点，那么重新发现祖国、在失序中重新寻找身份的同一性和延续性，重新定位遗产与现实的关系，便成为富有意义的新议题。

　　另一方面，回流的移民与故乡的社群之间发生着各个维度的碰撞，他们不再像以往世纪中偶尔回访的先辈一般仅仅带回充满异域奇景的故事和诱人的财富，而是在更大规模上

---

① Giddens, Anthony. *Modernity and Self Identity*, Cambridge: Polity Press, 1991, p. 9.

带回陌生的生产方式、更新的规则和突破性的观念。在 20 世纪 50 年代少有的移民主题戏剧《呢喃林》中，因祖国贫穷无望而漂泊英国，又因异乡的"孤独、忧伤、残酷"[1] 而返回故乡的爱尔兰青年康（Con），在村中老人的劝说下，终于回归"真正"的爱尔兰生活，在已渐凋敝的土地上耕种，在无人光顾的乡村小店柜台后候客，在破落的毡顶小屋里生息，并准备在爱尔兰的土地上结婚生育。康和他所代表的群像，是历史学者辛奈尔（Dino Cinel）所归纳的"保守的历险者"（conservative adventurers）：他们"拥有历险精神而愿意穿越海洋，但一旦回到家乡便又落回最传统的生活轨道"[2]。漫长时代里停滞不变的爱尔兰，的确给千百个"保守的历险者"提供了故事的背景、保守的要件。但其后的移民回归戏剧中，"保守的历险者"逐渐让位给更具有异质性与开创性的人物角色——例如基恩剧作《牧场》中准备买下河边牧场开设工厂的英国来客威廉，又如休斯剧作《寒战》中雄心勃勃打算开创互联网公司的旅美归客理查德（Richard）

---

[1]　Molloy, M. J. *The Wood of the Whispering, in Selected Plays of M. J. Molloy*, Gerrards Cross, Buckinghamshire: Colin Smythe Limited, Washington, D. C.: The Catholic University of America Press, 1998, p. 164.

[2]　转引自 Wyman, Mark. "Emigrants Returning: the Evolution of a Tradition", p. 25。

和詹尼（Jenny），或者《万圣节之夜》（*Halloween Night*,
1997）中带回社会文化意义上此前秘而不宣的性别议题的
乔治（George）——他们为着回归而来，却无可避免地成为
集体同一性中的异质存在和历史延续性中的破音之符，并
因此引发骚动、恐惧和冲突；他们更恰切的身份似是变化
的使者，在故土进行着拆毁和重建，改变着爱尔兰的当代
景观。

　　基于此，舞台上归巢者在故乡的渴望、错位、迷失和探
寻，构成了带有混杂特质的爱尔兰移民在同样日益脱离"本
质"神话的爱尔兰的第二次跨界旅行。他们不得不启动重新
寻找文化定位的过程，而这汇入了当代主流爱尔兰戏剧对
于"爱尔兰性"在当下的变形、"21 世纪国家形构"①的探索
当中。当传统的、一成不变的爱尔兰景象在归巢者的脚步下
罅隙尽显，当剧中的人物和剧场里的观众皆遭遇、承认并最
终拥抱嵌套着断裂、含混和多元性的现实，那么修订边界、
更新认同的时刻便来临了。正如齐格蒙特·鲍曼（Zygmunt
Bauman）对全球化时代文化身份的论断，"在今日的现实

---

① Etienne, Anne and Thierry Dubost, "Introduction", in Anne Etienne and
Thierry Dubost, eds., *Perspectives on Contemporary Irish Theatre*, Palgrave
Macmillan, 2017, p. 4.

下，比起谈论确定的身份（identities），无论是继承或是习得而来，都不如谈论寻求认同的过程（identification），这是一个没有终点、永不完整、未曾完结且结局开放的活动，而我们每个人无论自愿与否，无不置身其中"[1]。舞台上陷入迷茫的归巢者、被他们的到来搅乱原有秩序的留守者，都不得不重新寻找自己的定位，也追问自己与祖国的联结。在归国移民的冲击中，剧院对当代爱尔兰的文化认同的探索冲破一致性的理想认同，开始向着更加多元、包容的后民族主义时代演进。

◢ 02
归乡的悲剧：《意念治疗师》《卡丝·麦盖尔的爱》和《亚瑟·克利里的挽歌》

或与现实生活经验相吻合，或作为返乡旅程本身灰暗与残酷的象征，当爱尔兰的戏剧家书写移民的回归时，逆向旅

---

[1] Bauman, Zygmunt. "Identity in the Globalising World", in Elliott, Anthony and Paul du Gay, eds., *Identity in Question*, Sage, 2009, p. 11.

程的起因常常是故乡的一场死亡或葬礼。伦纳德《爸爸》中的作家儿子为料理养父的后事而从伦敦回来，并将父亲的遗物付之一炬，与令人窒息的历史告别；约瑟夫·奥康纳（Joseph O'Connor）《红玫瑰与汽油》（*Red Roses and Petrol*, 2006）中的长女凯瑟琳（Catherine）为参加父亲的葬礼从纽约归来，并发掘隐藏已久的家族秘密；墨菲《守灵夜》（*The Wake*, 1998）中的纽约应召女郎维拉（Vera）也是为了为祖母举行守灵夜而回到故乡，并在那里搅起巨大风波。作为归途起点的死亡，似在表达归来者对家族、起源的确认和敬意，也暗示着他们作为施动者对一段私人或公共历史的埋葬，以及在此基础上对未来的重新开创。在这死亡灰影笼罩下的众多作品中，弗里尔的一出戏剧动作极简而意象极盛的独白剧《意念治疗师》（*Faith Healer*, 1979）显得尤为特别。它亦是关于死亡的歌咏，主角弗兰克·哈迪（Frank Hardy）的流浪、回归与死亡之旅几乎具有献祭的力量，形成一个关于回归的具有诗意的残酷隐喻。

这部被评论家希金斯（Geraldine Higgins）赞为"弗里尔最引人入胜、最值得长久回味的戏剧"[①]以爱尔兰人弗兰

---

① Higgins, Geraldine. *Brian Friel*, p. 62.

克、他的妻子（或情人）格蕾丝，以及经纪人泰迪三人的四段长篇独白组成。从他们内容多有重叠却充满出入、无法自洽的叙述中，观众得以拼凑出三人漂泊和归乡的经历。弗兰克是流散者的具象典型，他一生在威尔士、苏格兰乡间各地巡回旅行，以时而失灵的意念之力为罹患怪疾、身有残疾或者不能言语的人们表演神迹。这位流散者生存经验中无根的瞬时性体现于行程的特点：他在每处仅仅停留一晚，并且常常出没于偏僻荒凉的山岭和海屿。与他所象征的流散者一样，弗兰克始终处于对身份的焦虑之中，不能自控的神力似乎并未带给他关于自我的认知；在数十年的漂泊中，他的耳畔始终萦绕"侵蚀我的生命的种种疑问"——"我当真是天赐独一无二、法力无穷的天才吗？……或者根本就是个江湖骗子？是偶然，是技能，是幻象，或者压根就是假象？"[①]。他的行医之旅似乎只为创造某些虚构之物——他所治愈或不能治愈的病人、被他随意编造姓名和身份的妻子/情人，被埋在苏格兰北部山地的死婴——皆是他一生"虚构"或"创作"[②]的作品。弗兰克试图通过这些虚构建立起某种确定的认同，并且

①　Friel, Brian. *Faith Healer*, in *Brian Friel: Plays 1*, London: Faber and Faber, 1996, p. 333.

②　Ibid., p. 345.

尝试对那些"令人发狂的疑问"①做出肯定的回答。在与另外两个人物争夺自传历史叙述权的角力中，弗兰克将自己构想为艺术家、医术天才、强势的爱人、负责的父亲，感恩的儿子，以及有归属感的爱尔兰人。

但真正让这位流散者的疑问获得解答，赋予其安定感的并非他的虚构和创作，而是地理上的旅程终点——故乡爱尔兰。他反复陈述，"我一直知道自己会重返那里"②；格蕾丝清楚地知道"他一直有种信念，相信爱尔兰能给他注入能量，甚至让他得到新生"③，而他也把最终回归爱尔兰之旅描述为"第一次爱尔兰巡演！伟大的回家之行！"④，并且相信回归将会"治愈自己"⑤。早已预设的终点正如移民群体中从不消退的归家渴望，两者皆意味着家园找寻和认同定位的永恒动力。

然而在回归爱尔兰的第一个夜晚，在他期待将会"圆满、融合、盛开"的夜晚，弗兰克却被故乡的群氓杀死，或者不如说，在一项怪异的仪式中将自己献祭于此。在巴里贝格附

---

① Friel, Brian. *Faith Healer*, in *Brian Friel: Plays 1*, p. 376.

② Ibid., p. 338.

③ Ibid., p. 351.

④ Ibid., p. 340.

⑤ Ibid., p. 358.

近村庄的酒吧小院，"四面石墙、绿树成荫、天空橙黄而清风柔和"的田园景色近乎传统叙事中美好的爱尔兰伊甸园；但这里却同时"摆着斧头、撬棍、锤棒和干草叉"，立着四个"野蛮嗜血的男人"①，以潜伏的威胁感暗示着爱尔兰作为创痛的历史和错位的故乡之另一面。一场野蛮可怖的杀戮发生了，并被死者弗兰克以一种宁静的语调叙述出来："我穿过小院走向他们，将我自己献祭给他们，我第一次如此简单真切地感到自己回家了。也是第一次，那些磨人的恐惧感消失了，那些令人发狂的问题也终于安静了。"②

弗兰克的献祭是抽象而富含隐喻性的。他似乎甘愿以最惨烈的生命代价换取一生渴求的归属感，似乎地图上的家园提供了关于身份疑问的全部答案，又似乎对家园神话的信仰足以驱散个人生活中纠缠难解的团团迷雾，也足以驱散隐藏于家园内部的部落历史、暴力传统等阴暗角落里的重重威胁。弗里尔的悲剧将在爱尔兰的舞台上以各种变体不断上演：归来者怀着浪漫化的乡愁回到记忆中的故乡，却发现幻想中的风土与社群并未以同样的热情回应他们的归来；幻灭的旅程

---

① Friel, Brian. *Faith Healer*, in *Brian Friel: Plays 1*, pp. 374–375.
② Ibid., p. 376.

引向深刻的错位、悲惨的失落，甚至残酷的死亡。爱尔兰的戏剧家将以冷静的笔触为电影《蓬门今始为君开》之后的观众描绘祛魅的图景：地理上的归处并不承诺修补支离破碎的移民叙述，而基于神话、理想和回归冲动的乡土渴望中也许隐藏着阴郁的危险。

在弗里尔 1966 年的剧作《卡丝·麦盖尔的爱》中，这种阴郁的危险体现于传统移民回归叙事的破裂。在这种被颠覆的叙事中，人物发现自己非但无法"回到"故乡，而且竟将失去自身历史的叙述权。剧中的卡丝是传统移民的典型：她因在贫穷的祖国"无事可做"，也因保守的道德环境（神父将她和男友的亲热称作"罪行"）而远走美国[①]。与其时大多数爱尔兰移民一样，她在大洋彼岸从事最底层的辛劳工作——在街角咖啡馆清洗、擦拭、做三明治、送咖啡，在柜台后站到双足抽筋；她的唯一心愿和慰藉是每月从微薄薪资中挤出十美元，寄给家中的老母和弟弟，希望自己的牺牲能让亲人的生活稍加轻松，52 年从未间断。她所做的一切，如评论家希金斯所言，几乎是"为未来某天回归家园押出了

---

① Friel, Brian. *The Loves of Cass McGuire*, p. 23.

一生苦劳"①。正如社会学家怀曼（Wyman）对大部分传统移民的概括，"银行和邮局的票据见证了他们到底寄回多少美元……他们的目标并非成为美国人……并非要加入工会，也非融合同化；他们的目标永远在欧洲家中"②。

如果说《42号工棚》中爱尔兰劳工的自豪宣言曾描述出此前移民认定的自我价值："是我们这些干着粗笨活计的爱尔兰苦工在最糟糕的年月里寄回面包黄油，养活了故乡的穷人。当政客们高谈阔论大话漫天时，是我们把面粉钱寄回了家"③，那么这种传统上支撑着离乡者的观念，在卡丝一代移民身上开始落空。20世纪50年代末的开放与改革令岛国开始初享富裕和繁荣。卡丝的弟弟哈里（Harry）从砖厂的会计起步，在时代的机遇中完成了"几笔幸运的投资"④，过上了中产阶级的舒适生活。卡丝"回到"他的家时，为宽大的空间和精致的陈设感到震惊。不难想象，她从艰难的海外生活中挤出而按月寄回的一共七千多美元从来没有如她所愿的那样，用于令家人吃饱、支付看病账单、让孩

① Higgins, Geraldine. *Brian Friel*, p. 16.
② Wyman, Mark. "Emigrants Returning: the Evolution of a Tradition", p. 24.
③ Keane, John B. *Hut 42*, p. 40.
④ Friel, Brian. *The Loves of Cass McGuire*, p. 40.

子上学。相反，这些钱被弟弟一笔笔存入银行，按照他的价值观为卡丝"可以不依附于任何人"[1]做好准备，或者不如说，成为她被弟弟送入济贫院旧址上改建起的养老院的资金。

巨大的反讽和悲剧性在这里形成：卡丝的一生皆是为了传统移民"有朝一日重返故土"[2]之梦想而活，但当她终于回到故土，却发现弟弟已成为"个人主义"的一代人[3]，他已不再信奉大家族、亲密社群那一套传统，爱尔兰人的生活也变成了围绕核心家庭的现代生活[4]。卡丝用盖尔语对家人致祝酒词，已经无人能够听懂；而她回来奔赴的社区亲朋，背地或者当面称她为"那个扬基佬"[5]。

卡丝的经历在 20 世纪 60 年代返回爱尔兰的移民中颇为普遍。曾经出演此角的演员汉密尔顿（Krista Hamilton）在一次访谈中说，接演此剧的最大原因是自己一代爱尔兰人对卡丝心里萦绕不去的"家的概念"感同身受，虽然她本人已

---

[1]　Friel, Brian. *The Loves of Cass McGuire*, p. 41.

[2]　Ibid., p. 37.

[3]　Higgins, Geraldine. *Brian Friel*, p. 15.

[4]　Friel, Brian. *The Loves of Cass McGuire*, p. 56.

[5]　Ibid., p. 16.

经从海外归来十五年，但仍然常常"怀念爱尔兰的家，惦念着回家，想象家已经变成什么模样，而归家的一刻自己又变成了什么模样"。而另一个原因，则是在她的经验中，60 年代从海外归来的移民并未受到家人"张开双臂的欢迎"，而像卡丝一样"被送走"确是"太过普遍的现象。"①

卡丝的精神陷入恍惚和分裂，她无法分清自己究竟身处弟弟堂皇的客厅还是养老院寂寥的中庭，无法与周围人形成有意义的谈话。她只能在一次次狂想曲般的片段中进入自己从未进入过的美国主流生活：在纽约的中央公园偶遇驾着两匹栗色宝马雪橇的英俊男子、披上婚纱与爱人结下婚誓、在体面的大屋里享受远方侄儿们的尊敬和"从不失时的来信"②。在真假虚实的交错间，卡丝尽力争夺对自己一生经历和意义的叙述权，但这种基于几个世纪以来传统的移民叙事，在 20 世纪 60 年代末的爱尔兰已经裂缝尽显，无法成说。与卡丝一样怀抱浓烈的乡愁和归属的渴望回到家乡，却发现自

① Hamilton, Krista. "Krista Hamilton introduces 'The Loves of Cass McGuire'", Garage Theatre Monaghan. https://www.youtube.com/watch?v=s5Nj-DRTXJI, accessed December 12th, 2021.

② Friel, Brian. *The Loves of Cass McGuire*, p. 66.

己成为故土上的异乡人，成为此后爱尔兰舞台上反复出现的意象和主题。

　　而在剧作家博尔杰作品《亚瑟·克利里的挽歌》中，移民回归中"阴郁的危险"则来自 20 世纪 80 年代爱尔兰社会充满荒原感的现实。出生在 50 年代的剧作家成长于勒马斯时代"小而开放的经济体"蓬勃向上的时期，而 80 年代的萧条停顿，以及如此背景下民生艰难和罪行滋生的普遍情境无疑在这一代人的心灵中造成巨大的空洞与幻灭。主人公亚瑟便是间质性罅隙中的又一种典型人物。他结束在欧洲大陆十五年的漂流回到故乡都柏林，却悲哀地发现自己恒久处于一种"中间的不定状态"（limbo）①。循环上演的梦境中，他重复地停留于可疑的边境之地（border），反复被戍边卫兵盘查写明国籍的护照，且不倦地询问卫兵，"我是在边境的哪一侧？"并永远收到模棱两可又冷酷无情的回答，"不管你在哪一侧，都离家迢迢"。② 如果说 60 年代的返乡者角色在家乡感到疏离多是因为传统国家向现代化演进中的陌生景观，那么亚瑟所代表的新归巢者则开始目睹、经历和书写已逐渐成

---

① Bolger, Dermot. *The Lament for Arthur Cleary*, in *Dermot Bolger Plays: 1*, London: Methuen Drama, 2000, p. 49.

② Ibid., p. 5, p. 57.

熟的现代国家在 80 年代从繁荣中暂停、陷入资本主义社会危机时代的荒原感。他在故乡已然变化的街巷间遇见排队领取救济金的旧友、付不起房租的邻居、"甚至不像以往罪犯那样有格调的"小偷①——群像铺陈下，是岛国的工厂纷纷倒闭、厂房"颓圮如深坑"的凋敝现实②，也是放高利贷者、海洛因贩子如虱虫一般在爱尔兰残破肢体上吸血膨胀的现实。亚瑟对母亲的鬼魂坦承，自己当初离开爱尔兰时"在一份份工作、一个个地点之间漂流移动是那样简单，离开一会儿然而回来又显得那样正常"③，而 80 年代的惨淡现实让漂流的终点变成了死途。领救济金长队里的旧友是唯一对亚瑟发出"欢迎回家"信号的人，但正是这些不含友好的欢迎者对他直陈荒凉的真相，"我们都入土了，亚瑟，或者差不多入土了，在这鬼地方。"④

　　这部获得塞缪尔·贝克特首作奖和爱丁堡边缘戏剧节奖的新人之作从 18 世纪著名盖尔语长诗《阿尔特·奥利尔里的挽歌》（*Caoineadh Airt Uí Laoghaire*）中获取灵感，将之移植

---

① Bolger, Dermot. *The Lament for Arthur Cleary*, p. 52.
② Ibid., p. 43.
③ Ibid., p. 32.
④ Ibid., pp. 44–45.

到充满当代困境的语境下重写重构。古代长诗循袭传统的反抗主题，以悲怆语调呼唤在"刑惩时代"（Penal Times）回到爱尔兰、因不肯屈从于英人权威而被射杀的战士阿尔特；博尔杰戏剧中的亚瑟与阿尔特一样怀着对家园的永恒眷念而结束在海外的漂流——他反复宣称"我属于这块土地"①——可是当回到故乡，见到的当然已非阿尔特所见的刑惩时代被分割零散的田地，而是暗藏着贫穷、色情、毒品、犯罪的城市；他在故乡迷路，"我的双足相信自己认识都柏林的大街小巷，但转过许多街角时，我却发现记忆中的那条小路早已不见"②。如同阿尔特拒绝服从殖民者的强令，亚瑟亦拒绝屈从于这一时代街区的地下统治者——放高利贷者、大房东、海洛因贩子戴格南（Deignan）的权威，拒绝成为他的手下或帮凶，因此被谋杀于儿时所熟悉的一条小巷里。古代长诗的叙事者是英雄阿尔特悲痛欲绝的妻子，而博尔杰戏剧中贯穿着亚瑟年轻的女友凯特的独白。对于十八岁的凯特，亚瑟意味着她所未曾经历过的黄金时代，也意味着现时"无望的"城市之外的远方——"这儿已经死亡，一切皆已结束"③；对于

---

① Bolger, Dermot. *The Lament for Arthur Cleary*, p. 25.

② Ibid., p. 49.

③ Ibid.

三十五岁的亚瑟，凯特则意味着他在漫长流浪中所珍藏的关于故乡的新鲜回忆和想象。困于"中间状态"的归巢者以赤诚之心想象故土而被晦暗现实击碎；怀抱重回家园之梦却被残忍驱逐和杀戮。亚瑟身上浓缩着当代移民的困境，而当他以类似古代英雄的方式，又以类似此前戏剧史上《意念治疗师》等原型的方式将自己献祭，则汇入了爱尔兰经验中被再续吟唱，并逐渐赋予新鲜而变动之内涵的一个主题。

⌐ *03*
祛魅的故乡：《守灵》和《归乡对话》

直至 20 世纪 90 年代末，与弗里尔同属"爱尔兰第二次戏剧复兴运动者"的墨菲仍在书写这类发生于故土上的失根，而且他的书写将"失根"的范畴愈加拓展：如果说卡丝在家乡的流离失所源于爱尔兰岛在 20 世纪前半叶由前现代到现代的剧变，亚瑟在故乡被谋杀是因为 80 年代萧条背景催生的罪恶，那么墨菲的《守灵》(*The Wake*, 1998) 则从新世界流散者的视角审视表面上已然成为现代国家的故国，发现其肌理中隐蔽而顽固的病症；而如果说卡丝和亚瑟所代表的传统底层移民对创伤性的归乡处境全无反抗的能力，只能沉入疯癫或者死亡；那么《守灵》的女主角维拉·奥图尔（Vera O'Toole）则似乎代表了后一代移民更强的反思性和选择跨国生存的可能性。

《守灵》开始于维拉辗转得知祖母死讯后，从纽约回到爱尔兰西部的家乡小镇。在与乡邻的寒暄中，她得知祖母不仅已经过世数月，而且死状凄惨古怪，家中兄姊无人祭奠，甚至未曾为她捎来音信。维拉想为祖母举行体面的守灵仪式，却发现自己陷入了双重意义上的无家可归：从字面而言，母亲留给她的镇上旅馆已被关闭落锁，因此她"在自己家乡的小镇无处可去"[①]；而从社会意义而言，她一直视若珍宝的家庭，或者说此时仅存的兄姊，全部心思都在操纵那间"家族财富王冠上的宝石"[②]——旅馆的拍卖，以掠夺这位美国流散者在故乡的最后财产和落脚之处。

无处可去的维拉与少年时的恋人——半流浪汉芬巴尔（Finbar）共度了若干时日。继在芬巴尔的贫民窟小屋借宿，

[①]　Murphy, Tom. *The Wake*, in *Tom Murphy Plays: 5*, London: Methuen Drama, 2006, p. 89.

[②]　Ibid., p. 109.

令她"体面"的家人惊骇不齿之后，两人又破窗而入，占据了那间落锁旅馆楼上的一个房间——维拉出生之处，并接纳了声称作为信使前来谈判的姐夫亨利（Henry）——一位歇业律师、酗酒者——组成一个"古怪的无政府主义三人团体"①，在那里度过了衣衫不整、饮酒作乐的两天三夜。他们甚至打开所有窗帘，向全镇居民展示这离奇的狂欢。这个临时而奇异的团体是全剧中最接近"家庭"的短暂存在，他们亲密无间，互相袒露秘密——与真实的奥图尔家族虚伪、疏离的氛围几乎完全相反。

他们彼此吐露的秘密中，包含了貌似文明现代的国家遮羞布下的创伤性现实：芬巴尔是天主教会神父娈童的受害者，亨利是少数派新教徒家庭败落、分裂下的孤儿，而维拉则是体面大家族中用于财产博弈的棋子或弃儿、漂泊于纽约的应召女郎。20世纪90年代的爱尔兰社会开始暴露根深蒂固的重重问题——受害者众多的教会腐败、持续不断的派系纷争，以及资本主义社会的道德崩塌——而墨菲笔下，西部无名小镇中心窗帘敞开的旅馆房间里，这些罪恶在这个临时的亲密家庭中被公开讨论并彼此共情。

---

① Murphy, Tom. *The Wake*, p. 129.

相形之下，维拉真正的、中产阶级的家庭中则充斥着亲情的沦丧和贪婪的算计。兄姊们甚至不惜设计将她送入精神病院，直至她自证神志清醒方才重获自由。维拉"返乡"的心愿逐渐碎裂：她曾经依赖爱尔兰土地上的家给予她的根基感，"我曾感觉自己是真实存在的，只因我来自此处"①，甚至宣称故乡的家人"对我意义重大。真的。是他们给了我前行的力量"②。然而根基感和依赖感更多来自作为流散者的恐惧，这种机制从维拉的自述中即可窥见："我一辈子都在害怕落得个孤身一人，就像飘在外太空、管子还给掐断的倒霉宇航员。"③当真正回到故土、经历亲人的疏远和算计之后，维拉对自己所珍视的家园，以及寄寓于这一地理和亲缘基础上的追寻感到幻灭。在自己出生的房间里，她发出新的宣言，"归属感似乎总在逃避我，一生都是如此。那我为什么还要继续相信自己有一天能找到它？关于此处的念想并没有给我前行的力量，相反，它让我跛足难行。"④

铺陈于归乡的维拉面前的，是表面体面而内里疮痍的故

---

① Murphy, Tom. *The Wake*, p. 162.
② Ibid., p. 117.
③ Ibid.
④ Ibid., p, 124.

园。不仅她的家人展现了新兴的中产阶级对财富追求的不择手段，她从三人醉谈中所听到的故事也反复证明，这种掘金热望不仅能达到荒诞的丑态，而且已如传染病般遍及整个国家。维拉的爱尔兰家人在不同程度上展现着精神危机：抑郁、疯癫、嗜酒、药品滥用，以至于从精神病院释放归来的维拉戏谑地宣布，"我才是这个房间里唯一官方证明精神正常的人。"[1] 而更不难看出的是 20 世纪 90 年代的岛国正在经历的种种罪恶浮起。《卫报》在该剧 2016 年重演时评论道，"墨菲的剧本燃烧着怒火，它是对爱尔兰素来秘而不宣，但在 90 年代曝之于众的历史暗处之回应，它包罗众相：教会腐败、工读学校虐童、日益富裕却虚伪的社会企图排除维拉这样的异己者。"[2]

与缩进想象世界的 60 年代女子卡丝不同，90 年代的维拉对重新发现的故乡进行了最后的反叛。她以旅馆继承权的归属为筹码，召集了兄姊相聚，在众人合谋的虚假和解氛围中，让每个人唱起爱尔兰民谣，让人们在这些古昔音

---

[1] Murphy, Tom. *The Wake*, p. 162.

[2] Meaney, Helen. "*The Wake* review—response to hidden Irish histories is fuelled by fury", in *The Guardian*, July 1st 2016. https://www.theguardian.com/stage/2016/jul/01/the-wake-review-abbey-theatre-dublin. Accessed Aug. 20th 2021.

符和理想叙事中获得片刻的救赎。维拉终于完成了她归乡的
初衷：为祖母补办一场守灵仪式。但她送别的并非仅是代表
家族中唯一温情的祖母，而是离散者对"家园"的浪漫幻
想。在祝酒词中，神父和长兄分别提议为理想化、标签化的
爱尔兰干杯，"敬上帝和圣帕特里克！""敬我们的祖国！"而
维拉则避开此类宏大叙事，提议"敬逝者"。① 她最终以叛
逆者的姿态放弃了对旅馆的继承权，郑重地接受了自己作为
漂流者的身份。剧作家在舞台提示中描述维拉登上返美的飞
机前在墓地的哭泣："为祖母过世而哀戚，为也许从未有过
的家而悲伤，为自己和久而有之的恐惧，她第一次接受了
孤独。"②

　　维拉的归乡之旅扰动了表面平静的故乡。她在小镇的体
面富人、精神失常的中产阶级和人人避而远之的流浪汉之间
穿梭，暂时打开久已固化分层的社会内部封闭的通道；她主
动放弃财产，从有产归为无产，震动了早已习惯以逐利为唯
一导向的小资产阶级价值观；她终于弃绝血缘纽带的家族，
回到美国，"在一个干干净净的地方重新开始"③。从未离开故

---

① Murphy, Tom. *The Wake*, p. 164.
② Ibid., p. 180.
③ Ibid., p. 179.

乡的兄姊将归来者维拉视作异类，"她跟我们完全不一样"[①]，并把她的离经叛道归咎于他们想象中光怪陆离的"纽约"或"90年代"[②]。维拉无法"回到"他们当中，且不再以幻灭的回归之旅作为自身旅程的终点。《守灵》是回归者为破碎的故园开具的诊断书、唱起的挽歌，它标记着又一种回归的失败，也标记着告别神话、重新寻找身份定位的起始。维拉是一类新的移民人物，跨文化的经验赋予她洞察力和反思性，她开始超越传统的移民回归叙事，并在飞散的姿态中完成具有主体性的选择和跨越。

墨菲的另一部作品《归家对话》则展现了回归者视野中一种特殊的爱尔兰神话的幻灭。该剧写就于20世纪80年代后期——爱尔兰经历了60年代开放、繁荣和美国化的"黄金时代"后幻梦初醒，陷入停滞困境的时刻。剧情设置于70年代初的一个夜晚，十年前移居美国的青年迈克尔回到故乡戈尔韦东部小镇，在酒吧"白宫"（the White House）与老友相聚。与《基尔伯恩高路的国王们》（以下简称《基尔伯恩》）的场景相似，剧作以自然主义风格、接近土腔的语言记载了

---

① Murphy, Tom. *The Wake*, p. 107.

② Ibid., p. 105.

一群中年人这一晚在酒吧的全部对话。但与《基尔伯恩》所书写的传统移民迫于生计而无奈出走他乡不同,《归家对话》中的迈克尔代表了60年代爱尔兰人新的出走动机——他是在勒马斯改革时代初经开放、深受美国文化影响的兴奋氛围中去纽约追逐演员梦的年轻人,他的旅行带有自我选择的强烈意味;与《基尔伯恩》所呈现的传统移民无法归家的创伤经历也不一样,《归家对话》中的迈克尔虽然也在异国遭遇了事业和精神危机,但他不仅确实回到故土,而且是抱着重回"我们的庇护所、我们希望和抱负的源泉"的渴望归来 ①——迈克尔所奔赴的祖国,是他想象中仍处于美国化浪潮中开放、繁荣、人人信心高涨的爱尔兰;而他返乡之旅的戛然而止,则发生于从"白宫"夜谈中发现这个爱尔兰的幻影已然破灭。

正如"白宫"之名所寄寓的意义,这家酒吧是老友们年轻时代与外形酷似约翰·肯尼迪的精神导师"JJ"共同建造的乌托邦。它的墙壁上挂着肯尼迪的画像,仿佛随时可以重回这位当选美国总统的爱尔兰后裔带给岛国人民"巨大提

---

① Murphy, Tom. *Conversations on a Homecoming*, in *Tom Murphy Plays: 2*, London: Methuen Publishing, 2005, p. 11.

振"①的黄金时代；老友们的回忆中，这里也曾挂着裸体画像，作为"挑战那时教会与政府保守氛围"②的姿态；在这个偏僻的西部小镇，这座美国风味的酒吧曾是这群青年心目中的"根"和"摇篮"③，是祖国与世界接驳的港口："我知道我们中的一些人会从此启航——乘风破浪或者葬身大海……另一些人会留守此地，守护我们的'白宫'，让思想、希望、慷慨、表达、热望的大门永远敞开。无论对村庄的栖息者或是世界的流浪者，此地都是心愿圆满之地、灵魂庇护之所。"④肯尼迪就职演讲中极富蛊惑力的段落是这群 60 年代的理想主义者通行的语言，他们曾如此热诚地背诵和相信，"就让声音从此时此地传播开去，无论朋友和敌人皆能听见——火炬已经传到了新一代人的手中！"⑤

　　20 世纪 60 年代热情澎湃的蜃景与迈克尔归来所目睹的现实已相去甚远。舞台提示特别注明，此时的"白宫"是一处"久被遗忘、凋敝不堪之地"⑥，墙上的挂画已然褪色，钟表

---

① Tóibín, Colm and Tom Murphy. "Interview with Tom Murphy", p. 46.
② Murphy, Tom. *Conversations on a Homecoming*, p. 19.
③ Ibid., p. 38.
④ Ibid., p. 12.
⑤ Ibid., p. 11.
⑥ Ibid., p. 3.

已经停摆。而贯穿迈克尔和旧友年轻时代的精神导师、小镇的肯尼迪"JJ"则自始至终未曾出现，人物的交谈透露他的现状："JJ"整晚消磨于小镇上其他的酒吧，而常年的酗酒几乎已经耗尽他的生命。更令迈克尔惊骇的是旧友对 60 年代理想的彻底放弃或背叛：他们不仅已经放弃艺术、音乐和写作上的全部追求，而且拒绝迈克尔"再谈什么鼓起劲来、文化摇篮，再去搅动那老罐子"[1]；他们的生活哲学已经庸俗从众，有人毋庸置疑地秉持传统上"长子继承一切"[2] 的规则与兄弟姊妹争夺家产，有人抱持着极为保守的道德观评判镇上年轻女子的私生活；甚至"白宫"本身的命运也落入小资本家之手，被改造成平等氛围荡然无存的公共酒吧 / 雅座分离的空间，并在投机买卖中被差价交易。迈克尔对这一切痛心疾首，他诘问众人："我们当初不是想要改变这一切的吗？"[3] 在无人回应的空白中，归乡者终于发现自己所归的并非记忆或梦想中的故乡，而是从美国化的激进旅程中重重跌下，关于繁荣、开放、平等、现代等美好的允诺纷纷落空的一片黯淡土地。如果说迈克尔这一代

---

[1]　Murphy, Tom. *Conversations on a Homecoming*, p. 59.

[2]　Ibid., p. 72.

[3]　Ibid., p. 47.

移民的乡愁是关于勒马斯时代新生的爱尔兰的怀想和希望，那么他一脚踏空的故乡则是这则新神话的破灭。

《归乡对话》在二十世纪八九十年代的爱尔兰观众中引起了深刻的共鸣。它不仅获得了当年的爱尔兰剧院奖（Irish Theatre Award）最佳导演奖与最佳配角奖，而且自戈尔韦的德鲁伊剧院（Druid Theatre）始，在两年半的时间里巡演于伦敦、贝尔法斯特，并最终回到都柏林的阿贝剧院。爱尔兰人曾长久地为美国化的一切心醉神迷，并为勒马斯时期全新的繁荣开放而感到眼花缭乱；当这一切在80年代的萧条中归于沉寂之际，剧院内外的人们都感到了被放逐于故土的疏离、陌生和漂泊感——与数个世纪中离乡的同胞类似的流散症候却发生于三十二郡自己的土地上，并因此蒙上了更加复杂、低落的阴影。这是剧院中的惊醒时刻，《归家对话》几乎预演了文化评论家奥图尔在90年代的感叹，"将美国视作拯救者和庇护所的神话已经麻痹我们太长时间，让我们忘却要把命运掌握在自己手里"①。

与卡丝的旅途一样，迈克尔的归程也是失败和痛苦的。前者未能拥抱记忆中传统爱尔兰温柔又致密的社群之网，而

① O'Toole, Fintan. *Black Hole, Green Card*, p. 77.

后者则发现新一代人所致力模仿美国的现代之梦已近碎裂。然而两者之间又有根本的区别：卡丝的悲剧是终局——作为迫于无奈而远走他乡、身无长技而只能遵循苦役—寄钱—回归的传统轨迹的老一代移民，她已无力修复破碎的回归之梦，只能成为时代的献祭，堕入疯癫与幻想的虚幻安慰。而迈克尔的悲剧则与《守灵》中维拉的经历更加相似，它只是一个中点——当他意识到寄寓于"白宫"中的理想主义已被现实撕毁之后，几乎立刻做好了再度出走的决定：剧作结尾，他作别短暂的回归之梦，宣布明早便将出发。剧作家并未点明迈克尔的下一站何在——它的地理位置也许并不重要。重要的是，受过教育、拥有一定文化资本和自决能力的新移民，将在更多的离散和回归中重新定位自我，甚至重新发明爱尔兰。对于《归乡对话》开放式的结尾，评论家的结论几乎一致地充满希望：奥图尔断言"虚假希望的咒语必须先被破除，解除封冻的生命方可开始流动"①；而普莱恩（Alexandra Poulain）认为"回家之旅只是令他终能放弃家园神话，并开始创造属于自我的根基"②。

---

① O'Toole, Fintan. "Introduction", in Tom Murphy, *Tom Murphy Plays: 2*, London: Methuen Publishing, 2005, p. xi.

② Poulain, Alexandra. "'My Heart Untravelled': Tom Murphy's Plays of Homecoming", in *Études anglaises* 2003.2(56), p. 190.

🔖 04

冲撞与再创:《牧场》、《他口袋里的石头》和《寒战》

正如前述众多剧作所暗示的,移民归来之际,记忆中封冻无缺的爱尔兰岛已经不再是旧时模样,也已不会像《呢喃林》中的古老乡村一样,为归巢者提供重返传统生活的温情脉脉的环境。而在另一些剧作中,回归的移民本身是为爱尔兰带来巨大冲击的异质性力量。他们或在与故乡的冲撞中陷入撕扯或悲剧,或以跨文化的视野和努力为祖国带来文化再创的可能。

回溯到 60 年代,基恩剧作《牧场》所呈现的,已是一个悄然开始变化的爱尔兰。剧作中老农"公牛"所竭力对抗的"外来工厂主"威廉便是一位回归的移民。但与卡丝和亚瑟显著不同的是:威廉本身是为故土带来变化的动因,是打破传统田园神话的施动者,因此成为另一类回流者的典型人物形象,他的悲剧也因此具有更加复杂的意义。威廉本身是戈尔韦人,而妻子的家乡更与"公牛"的村庄只相隔区区五英里。他在英国经营着规模不大但颇为成功的混凝土砖厂,因为妻子思乡成疾而先行回国，想要在她的故乡买下合适的土地，将工厂移植回国，"用水泥填平一公顷地，机器进场，工厂开业"①。

威廉的回归无疑附带着传统爱尔兰所并不熟悉，却在20世纪60年代的开放浪潮中被迫接受的经济因素，当地农民充满警觉地议论着"如今土地可真是抢手，处处都是暴发户！"②他的出场本身，也打破了村庄所熟悉的庄稼汉粗放鲁莽的形象。这位不到三十岁的年轻人"衣着讲究、彬彬有礼"③。他通过律师而非口耳相传打听土地拍卖的消息，他坚持公开拍卖而拒绝私下商量，他要求以法律形式得到竞价拍卖的书面保证而非口头承诺，他坚持参加竞拍者有权利查看土地而拒绝"公牛"父子的暴力威胁。他所代表的生产方式和行事规则，意味着他的回归并非再是"保守的历险者"的旅程，相反，他作为变化的使者带回了现代社会的价值观与法则。但此时的村庄显然还未准备好迎接威廉所代表的变化：土地拍卖员的态度暧昧可疑，宗族关系缠绕的村民为"公牛"父子通风报信，而这对不愿与威廉以公开拍卖的方式同台竞

---

① Keane, John. B. *The Field*, p. 43.
② Ibid., p. 13.
③ Ibid., p. 39.

价的父子，终于在一个漆黑夜晚以最原始野蛮的方式将他置于死地。评论家派因（Emilie Pine）将威廉的归乡之旅称为"致命的回归"，并把它归入移民回归戏剧所呈现的"回归的创伤"中最惨痛的一种 ①。这种致命的创伤，实质上来自传统爱尔兰和移民所带来的"异质性"的对峙与交锋。在令人震惊的血腥戏剧中，如同在千百个与卡莱特蒙德村一样的爱尔兰乡野之地上，这种残酷的相遇不断上演，凝结着变更时代回归者新的处境、理想和挣扎，以及这片土地上艰难却真实发生着的变化。

北爱尔兰女演员、剧作家玛丽·琼斯杰出的喜剧《他口袋里的石头》则展露了一种乐观的前景。处于衔接空间的归巢者以清醒的目光定位爱尔兰岛在全球化或曰美国化时代所属的"客体"位置，从关于"田园伊甸"的商业化陈词滥调中拯救真实而复杂的当下经验，以一种拥抱迷失已久的文化主权的姿态，重塑属于爱尔兰人的爱尔兰叙事。

剧作的主角杰克（Jake）是以传统上失意的返乡人面目出现的。与许多口袋空空的"归来的扬基佬"一样，在美国的漂泊未能给杰克带来任何成就。他不想重复底层爱尔兰移

① Pine, Emilie. "The Homeward Journey: The Returning Emigrant in Recent Irish Theatre", *Irish University Review*, 2008, vol. 38, no. 2, p. 312.

民的普遍轨迹——辗转于多个酒吧餐馆打工谋生、养活妻小，于是选择爱尔兰流浪者带有耻辱感的归宿——在三十二岁时回到故乡凯里郡的村庄，领着救济金，与母亲同住。与同样失意而归的前辈所面临的处境不同的是，20 世纪 90 年代的爱尔兰正在成为全球化时代文化资本所觊觎的一块处女地。处于欧洲边角的特殊地理位置、荒凉原始的西部景观以及神秘浪漫的神话传说令这个小岛成为好莱坞制造田园风光片的绝佳背景。而此时来到杰克家乡拍摄电影《安静的山谷》（*The Quiet Valley*）的正是这样一个好莱坞剧组，英国导演克莱姆（Clem）要求出现在镜头中的每一头奶牛都黑黝黝、毛茸茸以"足够爱尔兰"[①]，征募几乎整个村庄的村民作为群众演员，但电影讲述的是程式化的爱尔兰往事，所用主角则尽数是美国明星。杰克也加入了群演队伍，并得到了一个群演所能期待的最佳奇遇：被好莱坞女星挑中成为口音指导，并成为她体验当地的猎艳对象。当杰克决定借机真正进入电影界时，发现自己注定扮演被轻视和拒绝的身份——作为一个 90 年代的爱尔兰人，他与 50 年代《蓬门今始为君开》中爱

[①] Jones, Marie. *Stones in His Pockets*, in *Stones in His Pockets & A Night in November: Two Plays*, London: Nick Hern Books, 2001, p. 22.

尔兰群演相比，其境遇并未发生任何变化；与《蓬门今始为君开》唯一尚在人世的群演米基（Mickey）一样，他仍然只能"别抢镜头，低头顺目，服从指挥"①。这个在爱尔兰的湖光山色中拍摄的故事并非真正的爱尔兰故事——剧组并不在意被舍弃的真实性，因为在全球市场上"爱尔兰票房连1%都占不到"②，他们在意的仅是借用具有他者性的爱尔兰西部元素，为美国和英国的市场织造一个充斥着怀旧情调和刻板印象的西部幻影。

杰克逐渐意识到这些外来投机者只不过是"利用我们，利用这片地方，随后扬长而去"③——他们既不可能讲出爱尔兰历史深处的真正创伤，也不可能讲出这座岛国在独立、开放之后的发展更新；他甚至意识到这些讲述爱尔兰迷思的外来者给本地留下了黑暗的后果：好莱坞式的一夜成名和纸醉金迷冲昏了乡民的头脑，令其产生不切实际的浮华幻梦。此地的孩子不再谈论牧牛、种田，甚至不再憧憬成为教师、牙医，人人都渴望变成摇滚明星、电影明星、足球名将，而这些却是实际的全球化分工所往往拒绝给予爱尔兰人的。当村

---

① Jones, Marie. *Stones in His Pockets*, p. 13.
② Ibid., p. 10.
③ Ibid., p. 39.

庄里沉迷于此梦的十七岁少年肖恩（Sean）在遭受剧组羞辱而投河自杀后，剧组甚至拒绝让群演歇机一天去出席他的葬礼。这是外来资本主义的金钱逻辑与凯里村庄的紧密社群发生冲突的一刻，也是从西方世界归来的杰克决定颠覆前者炮制的虚假爱尔兰叙事，重新夺回属于村庄、乡民和自我的叙事权的一刻。

　　杰克决定拍摄自己的电影，讲述在《安静的山谷》中甚至未能获得群演资格的肖恩的人生，而片名就取自少年投河时往自己口袋里装满石头的场景。杰克和他的伙伴谋划了电影的第一个镜头，"人们涌入村庄，问哈金先生是否能在他的土地上拍摄他们的影片……而我们从一个孩童的视角来观察一切。""满眼都是奶牛，屏幕上每一寸都塞着奶牛……奶牛，全是奶牛，直到你发现在奶牛海洋的中间踏进了许多双时髦的高级运动鞋。""那是对孩子世界的第一次入侵。"① 很明显，杰克的电影讲述的是国际文化资本入侵之下小岛岛民的真实际遇。他们将会迷失自我，在自己土地上虚构的梦境间被猎奇者的机器裹挟，幻想着"光芒四射、万人关注、日进斗金"②，继而在稍纵即逝的兴奋与此后长久的失望中沉入

① Jones, Marie. *Stones in His Pockets*, pp. 46–47.
② Ibid., p. 13.

酒精、药物和精神失常的老路。而从西方世界归来的杰克会以超脱本地社群的目光审视、记录这一切，并展示给他的同胞；在这部褴褛中的电影里，"明星变成群演，群演变成明星，这会是属于肖恩、米基以及镇上每个人的电影"，因为"我们难道没有权力以我们自己的方式讲述我们自己的故事吗？"①

　　失意的归来者在《他口袋里的石头》中反写自我，从传统中充满耻辱感的社会角色中挣脱，并将成为故乡小镇新的文化领袖，带领乡民从美国电影中的区区背景变成真正爱尔兰电影中的主体，也带领故乡从美国电影居高临下镜头中的偏远、原始、田园符号中挣脱，发出海岛小国在全球化时代遭遇冲击、变革和找回"主权"的真实声音。归乡移民杰克从《安静的山谷》出走，也从被裹挟的爱尔兰客体出走，他在重新找到自我定位的同时，也为祖国找到居于变动中、脱离了幻梦、俗套和资本逻辑的定位。在某种意义上，杰克似乎是世纪初的叶芝在世纪末的延续者，他也试图为祖国发明一种独特的文化叙事，只不过彼时的叶芝投入浪漫神秘的凯尔特世界，而杰克从已被他人挪用的浪漫神秘中抽身，直面

① Jones, Marie. *Stones in His Pockets*, p. 43.

纷乱、阴郁的当下：祖国正被涌动的投资热钱再度殖民，而同胞在喧嚣中往往沉入自己土地上的失根状态。

剧中被杰克反叛的好莱坞电影《安静的山谷》显然以互文指涉《蓬门今始为君开》(直译应为《安静的男人》)。《蓬门今始为君开》导演约翰·福特的父母是 19 世纪去往美国的爱尔兰移民，而《蓬门今始为君开》是他对故乡爱意的表现，也是对桃源幻想的致敬。这部电影后来成为对爱尔兰田园牧歌式刻板想象的典型影视文本，而玛丽·琼斯让她 20 世纪 90 年代的人物从《安静的山谷》出走，似是向近半个世纪前银幕上被过度浪漫化而失去现实意义的文本告别，出发探寻新的路程。

《他口袋里的石头》于 1996 年首演于贝尔法斯特，后移师伦敦，在西区驻演多年，并获得 2001 年奥利弗奖最佳新喜剧奖。直至今日，这部欢笑中蕴含深意的喜剧仍然在世界各地的剧院反复上演。令其长盛不衰的原因除却玛丽·琼斯出色的喜剧技巧——该剧只有两名演员，他们以变装、变声等方式分饰十六个角色——也一定包含令人耳目一新的主题：小国的放逐者与回归者在新的世界秩序下与祖国相互救赎、发出久被湮没的声音。

"凯尔特之虎"时期（自 20 世纪 90 年代早期起至 2008

年左右止），岛国历史上极尽开放与繁荣，充满着狂欢气息的短暂十年——爱尔兰的剧场对小岛与外界似乎亲密无隙的衔接却保留着少见的怀疑和警觉，舞台上的归来者在故乡投下的波澜被置于历史长河的框架中观察和审视。成长于六七十年代的剧作家德克兰·休斯曾这样描述自己一代人的少年时光，"我们长大的时候，内心便知道终有一天会去往美国"①，他甚至在90年代初的作品《掘火者》（*Digging for Fire*，1991）中借主角之口反叛地挑战保守的本质主义观点，"难道田园生活才是真正的、纯粹的爱尔兰生活？如果几百万爱尔兰人漂洋过海创造了纽约，那纽约就和都柏林一样爱尔兰，甚至比这潭毫无价值的后殖民死水更爱尔兰"②。在各种典型意义上，休斯都曾代表后民族主义时代的流行看法：爱尔兰本身的文化似乎只指向过去，而"若要发现未来，就得将目光投向美国"，这种看法强调与世界完全接轨甚至趋同。休斯曾安慰全球化背景下对文化身份的模糊感到困惑的同胞，"令你与世界相同之物比令你与其区别之物更加重要，世界上有

---

① Hughes, Declan. "Who The Hell Do We Think We Still Are? Reflections on Irish Theatre and Identity", in Jordan, Eamonn. ed., *Theatre Stuff: Critical Essays on Contemporary Irish Theatre*, p. 8.

② Hughes, Declan. *Digging for Fire*, London: Methuen Drama, 1998, pp. 37–38.

许多与你同样经历着传统身份退化的人们，他们都迫切想要摆脱国族和历史的重负"①。然而在凯尔特之虎时代的突进氛围和狂欢气息下，他 2003 年的作品《寒战》却展现了一种未来与历史、世界与本土之间的协商和牵掣，并且警示了它们之间的割裂所能导致的新的创伤。

《寒战》围绕着从美国回到爱尔兰的一对中年夫妻——理查德和詹尼——的一场创业冒险展开。他们是凯尔特之虎时期回到祖国的成千上万爱尔兰移民的缩影，这些流散者是猛虎飞翼上野心勃勃的乘客，意图将汲取自美国的经验、价值观移植回爱尔兰，将古老的岛国变成与大西洋对岸同样铺满财富、洋溢着现代气息的国度，或者在某种意义上，变成美国的第五十一个州。"第五十一州"（The 51st State）正是理查德和詹尼为他们创立的互联网公司所取的名字。上一代剧作家弗里尔曾经自嘲爱尔兰的美国化处境，"我们已不是西边的不列颠人，而是东边的美国佬"②，而在休斯笔下，网站的名字已标志着这种美国化的具体情景。它寄寓了理查德和詹

---

① Hughes, Declan. "Who The Hell Do We Think We Still Are? Reflections on Irish Theatre and Identity", p. 8.

② Friel, Brian. "In Interview with Des Hickey and Gus Smith", in Murray, Christopher. Ed., *Brian Friel Essays, Diaries, Interviews: 1964–1999*, p. 49.

尼对旅居地美国的崇拜，也暗示着这场创业冒险的基本元素是复制在美国方兴未艾的商业路线，"不管多么天方夜谭的点子都能吸引到投资，互联网模式似乎就是能投多少钱就投多少钱，大张旗鼓地宣传你的网站，不必担心利润，利润总会随之而来"[①]。

《寒战》以接近布莱希特式史诗戏剧的形式，在对观众的直接叙述及现实主义表演的虚实之间，一步步铺陈了"第五十一州"泡沫的破裂，并记载了它的波澜下邻居凯文（Kevin）、玛丽昂（Marion）和两个幼子——一个当地爱尔兰家庭的分崩离析：回归者狂热的创业热情、"美国式的乐观进取"（the American can-do thing）[②]打破了这个当地家庭的平静，令玛丽昂对甘于平静内省生活的丈夫凯文心生不满，在"第五十一州"所代表的"新经济法则"下，"一个男人整天在家照顾他十八个月大的儿子突然变得既不足够，也不合法"[③]；而凯文所醉心的当地历史、宗教和寓言故事更是在"面向未来，面向明天的明天"[④]的狂热氛围下显得格格不入。他的尸体最终在山底被人们发现——剧作家并未点明凯

---

① Hughes, Declan. *Shiver*, London: Methuen Drama, 2003, pp. 21–22.
② Ibid., p. 7.
③ Ibid., p. 15.
④ Ibid., p. 14.

文的死是自杀或者事故，但确定无疑的是，这位充满怀旧情调的不成功诗人成了"第五十一州"试验中的一个代价或祭祀品。

这场双重悲剧的核心在于激进的美国化梦想和稳定的本土归属感之间的激烈冲撞。归来的移民理查德和詹尼是美国主义的信徒，是与爱尔兰历史的决裂者。他们拥抱一切新颖或未来之物，并相信美国是"这一切的根基"①、21世纪是"美国的世纪"②。"第五十一州"寄寓了他们的宏大理想，互联网的广阔无限似乎代表了"无垠的自由和机遇"、"超越政府的民主"和"明天的明天"③。他们厌倦关于爱尔兰的宏大或抒情叙事，避免使用"家园""流放"一类饱含感情的词语，认定"关于爱尔兰的那一套陈词滥调已经完结，人们很快就将停止用狭隘的民族主义概念来定义自己的身份"④。詹尼甚至拒绝在网站上刊登谢默斯·希尼（Seamus Heaney）的诗作，"我们已经听够了那些东西：死去的母亲、削土豆皮、农田、沼泽……"⑤，以免"第五十一州"沦为又一个"观光

---

① Hughes, Declan. *Shiver*, p. 14.
② Ibid., p. 32.
③ Ibid., p. 14.
④ Ibid., p. 41.
⑤ Ibid., p. 43.

游览路线图上的爱尔兰主题酒吧"①。这一对归来的移民试图为祖国带来彻底的变化，将它从延宕已久的历史中拖拽出来，冲向狂热的未来主义。事实上，此时他们脚下的爱尔兰土地的确已在孕育甚至萌生种种变化——他们的邻居玛丽昂所在的美术设计公司刚刚被一家美国集团收购，而她的诗人丈夫凯文所想写的历史寓言被《时报》拒稿，因为其时"蒸蒸日上"的报纸对这些老旧题材并无兴趣——岛国处处显露出开放、互联、向上的进步主义迹象，处处隐藏着美国梦的影子。

　　而凯文则站在这一切繁华景象的背阴处，他对历史、信仰、诗歌、家庭等带有浓厚传统爱尔兰意味的概念更加执着。而当他发现周围世界中物质追求逐渐变成了"新的宗教"，市场变成了人人崇拜的"唯一教会"，私有化和国际化则"等同于民主……等同于现实……等同于未来"②时，陷入了巨大的困惑和痛苦。这位被詹尼戏称为"捣毁机器运动者"的诗人回缩于家庭，并对家园所处的富有隐喻意味的环境心醉神迷：理查德与詹尼、凯文与玛丽昂所居住的两所房子建于一个古老采石场的底部，由那里采掘出的花岗岩搭砌而成。当理查德充满野心地认为这意味着历史的终结和新冒险的开始

---

① Hughes, Declan. *Shiver*, p. 26.
② Ibid., p. 34.

时，凯文却醉心于其间所暗含的与历史的联系。他充满诗意地描述这处风景中的隽永意味："断壁残垣的教堂上空，一轮明月高悬。紫杉和柏树生长于金雀花丛间。采石场穹顶般的峭壁闪闪发光，就像一座古教堂潮湿的墙壁。"他对理查德所热衷的"明天的明天"并无兴趣，因为"在如此古老庄严之地，实难想象未来之事"①。

　　在"第五十一州"由最初的狂热走向破产之时，凯文正在写作关于这片采石场的历史和寓言。在他的故事中，两百年前此地采石工人所卷入的一场淘金热正如此时他美国归来的邻居所投入的互联网狂潮。两者皆从传说中成功者的蛊惑而起，继之以热烈的盲从——凯文故事中无论石匠、矿工还是雕工都抛弃了采石本业而投入疯狂的掘金，而与此十分相似的是，剧作中的理查德和詹尼更是在对互联网和文化资本不明就里之时便急切地涌入。两百年前的淘金热以一场神启式的神秘主义事件告终：愤怒的火光十字架腾跃而起，笼罩于破损的教堂石墙上空，受到惩戒的掘金人惶恐万状，复归采石场的平凡劳作；而互联网的掘金人、美国梦的信徒的结局则是公司崩溃倒闭，回归传统行业的惨淡经营。两者之间

———————————

① Hughes, Declan. *Shiver*, p. 35.

明显的喻指关系将"第五十一州"的失败纳入纵深的历史语境，虽然"历史"几乎是"第五十一州"所着意反叛的标靶。

更具有微妙的反讽意味的是，破产后的理查德和詹尼正是依靠他们此前所拒斥的、植根于爱尔兰苦难历史中的坚忍精神挺过难关——希尼的土豆诗篇、沼泽诗篇中缅怀和歌颂着饥荒时代及战火时代爱尔兰人在创伤中的顽强坚持，而这一切曾被詹尼斥为"凯尔特纪念品商店"里的虚假感伤物件①。离开对时髦的"尖端科技……互联、新颖和当下"的空洞鼓吹②，离开脱离其时的爱尔兰投资者和用户需求的空中楼阁，离开"既无内容，又无深度"的"肤浅平庸"③，这对归乡者回归了一种更加脚踏实地的朴实生活：他们搬进狭小的公寓，做起了三明治外卖生意。他们不再羞于谈论"家园""回归"，甚至对历史、现时和未来的关系有了新的思考，"我们曾以为历史已经结束，但历史从未结束，过去从未过去。我们曾希望它已过去，而我们只需努力梦想未来、紧紧抓住现在，便可以将古老的伤痛远远甩开。可事实上，历史就是现在的一部分，也是未来的一部分……海岸已经铺灌

---

① Hughes, Declan. *Shiver*, p. 26.
② Ibid., p. 33.
③ Ibid., p. 69.

成路，高楼大厦已经建起，似是为未来奉礼，为现代殿堂祭祀——可此时潮水忽转，历史再度冲进现实，挑战那些刚刚立足的物事，若它不够坚固，那便被潮水涤荡散尽。"①

　　《寒战》在很大程度上显示了剧作家休斯对爱尔兰历史、对爱尔兰与世界，尤其美国关系的态度转变。爱尔兰本身不再是他 90 年代所描述的"毫无价值的后殖民死水"，历史也不是空洞过时的陈词滥调；爱尔兰不代表早该被抛诸脑后的"老古董、绿色原野、朴素信仰"②，美国也不是全球化、现代化、当下性的唯一典范。正是由于对新的似是而非的二元对立的绝对信仰，归来的移民在故乡陷入甚至制造了新的创伤。归来者当下的悲剧，为"凯尔特之虎"时代对未来、进步的狂热追求，对历史、本土身份的遗忘舍弃敲响了警钟，为全球化时代爱尔兰身份的重新定位绘出了一幅标有警示线的地图。

---

① Hughes, Declan. *Shiver*, p. 80.
② Ibid., p. 14.

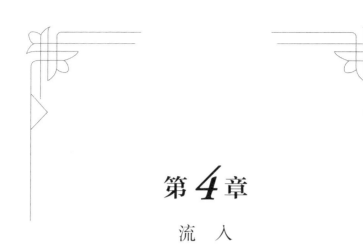

第4章

流　入

我们开始看见自己"隐藏的面孔"，打破自以为安稳的"居所"，重新审视习以为常的经验与观念。

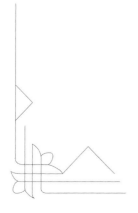

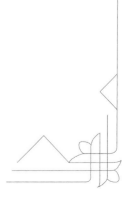

概述：流散史的反转

自 20 世纪 90 年代"凯尔特之虎"经济腾飞期起，涌入爱尔兰的不仅是怀抱乡愁的归巢者，还有对历史上贫弱封闭的小岛而言全然新鲜的大批外国移民。他们以数以十万计的规模抵达这里，竟使共和国总人口中的外来比例一度接近五分之一。[①] 这些国籍、种族、语言、信仰和传统千差万别的外来者在极短的时间内剧烈地改变着爱尔兰的人口和文化地貌，令其在新世纪第一个十年中一跃成为此时全球"国际化程度最高的国家"[②]。他们的到来呼应着爱尔兰在全球化网络中愈发深刻而广泛的互联，也给人口构成素来相对单一的岛国带来前所未有的巨大冲击。倘若对比小岛此前所熟悉的人口外流历史——借用文化学者基伯德（Declan Kiberd）的措

---

① 根据爱尔兰统计局（Central Statistics Office）的数据，2011 年人口普查时爱尔兰共和国高达 17% 的人口出生于外国。而北爱尔兰的这一数据则是 11%。Central Statistics Office and the Northern Ireland Statistics and Research Agency, *Census 2011: Ireland and Northern Ireland*, Cork and Belfast: CSO and NISRA, 2011, p. 37.

② Kearney, A. T. "Measuring Globalisation: Who's Up, Who's Down?", in *Foreign Policy*, No. 134, Jan.-Feb. 2003, p. 67.

辞，"1921 年至 1985 年间出生于爱尔兰者，凡二人中便有一人不得不远走他乡"①——那么此时人口迁徙的急遽转向中便包含了更加复杂的况味。

当移民在人口中占据如此不可忽视的比例，当他们在街头、商店和社区等日常生活场景中如此频繁地出现，传统中将岛国视作"爱尔兰人的爱尔兰"（the Irish Ireland）的观念开始显得单薄、片面。当他们身上的多样性在社会生活中变得如此耀目，爱尔兰身份曾经的种种"本质性"特征——土地疆域、天主教信仰和民族主义热情——开始如古旧的路标一般"摇摇欲坠"②。何为爱尔兰、何为爱尔兰人、何为爱尔兰生活，在世纪之交成为需要再度审视、想象和描述的概念。

为这一系列问题提供答案的，是甚多相互交叉、充满矛盾张力的现实立场和行动。虽然不时有政客以"洪水""入侵"等暗含警惕之意的语汇描述外来人口③，但总体而言，爱尔兰官方对移民流入是持开明态度的。与其时欧盟国家中鼓

---

① Kiberd, Declan, "Foreword: The Worlding of Irish Writing", in Pilar Villar-Argáiz, ed., *Literary Visions of Multicultural Ireland: The Immigrant in Contemporary Irish Literature.* Manchester: Manchester University Press, 2013, p. xvii.

② O'Toole, Fintan. *Enough is Enough: How to Build a New Republic*, London: Faber and Faber, 2010, p. 3.

③ Kiberd, Declan. *The Irish Writer and the World*, Cambridge: Cambridge University Press, 2005, p. 311.

励多样性与平等的主流话语相接，小岛亦展现出开放包容之势。爱尔兰政府首份关于人口融合的政策文件《移民国家》（*Migration Nation*, 2008）中写道："本份部长级政策声明的基础乃是如下概念，即爱尔兰拥有独特的道德、智识及实践能力，可以适应移民流入之经验。"① 总统希金斯（Michael D. Higgins）更在 2012 年的圣帕特里克节致辞中一面将爱尔兰定义为一个"流散者的民族"（a diasporic people），并赞颂"爱尔兰全球大家庭"（the global Irish family）的强大纽带；一面特意提出圣帕特里克本身所拥有的"包容慷慨之精神"（the inclusive and generous spirit），并以此将"男女老少、各种社群和所有族裔"皆囊括进庆典的海洋。② 如果将希金斯以包容慷慨为主题的致辞放在共和国历任总统关于国民身份定位的著名演讲中审视，会令人惊叹小岛在半个世纪中所历经的巨大变化。民族主义领袖德·瓦莱拉沉醉于将自己的国

---

① Office of the Minister for Integration, *Migration Nation: Statement on Integration Strategy and Diversity Management*, Dublin: Office of the Minister for Integration, 2008, p. 67.

② 希金斯祝辞转引自 Villar- Argáiz, Pillar. "Introduction: the Immigrant in Contemporary Irish Literature," in *Literary Visions of Multicultural Ireland: The Immigrant in Contemporary Irish Literature*, p. 2. 致辞全文可见 Higgins, Michael D. "St. Patrick's Day Message", https://www.thejournal.ie/a-st-patricks-day-message-from-the-president-382776-Mar2012/, accessed August 6th, 2022。

民描述为烙印着田园爱尔兰标签的本地"健壮青年"与"快乐少女";改革首领勒马斯则打破这种本质主义的姿态,向公众宣告"爱尔兰人同时也是世界公民";玛丽·罗宾逊总统将爱尔兰人的范畴拓宽到"我们所珍视的爱尔兰流散人群",并将这片超越地理界限的无形土地定义为兼具调谐与治愈之力的"第五省";而希金斯所描绘的爱尔兰人群像则更进一步,包括了祖国、肤色、信仰和语言皆千差万别的跨国社群。

民间对潮水般涌入的"外来者"则态度更加矛盾。研究者维勒-阿尔盖伊斯总结了两种"相互竞争的观点"[①]:一方面,希金斯所说的"流散者的民族"对此刻涌入祖国的人们所经历的失根、疏离、歧视等流散境遇更能感同身受,并在这种共情心和同理心的驱使下对新来者展现出善意和关怀——社会学家金将此种情形概括为一种乐观开放的"文化间自由模式"(liberal model of interculturalism)[②];另一方面,大量陌生族群的涌入、不可避免的资源争夺

---

① Villar-Argáiz, Pillar. "Introduction: the Immigrant in Contemporary Irish Literature," in *Literary Visions of Multicultural Ireland: The Immigrant in Contemporary Irish Literature*, pp. 7–8.

② King, Jason. "Black Saint Patrick: Irish Interculturalism in Theoretical Perspective and Theatre Practice", in Ondrej Pilny and Clare Wallace, eds., *Global Ireland: Irish Literatures for the New Millennium*. Prague: Litteraria Pragensia, 2007, p. 50.

又在民间掀起了焦虑、困惑，甚至敌对情绪，并因此激起保守民族主义下的仇恨与排斥。这种被社会学家德兰蒂（Gerard Delanty）称为"抵抗性民族主义"（nationalism of resistance）① 的氛围达到顶点的标志，便是 2004 年关于出生人口公民权的全民公投。近 80% 票数的压倒性优势下，宪法中赋予出生于爱尔兰的孩子以公民身份的条款被推翻，凡"非爱尔兰人"父母所生育的孩子，不再享受与爱尔兰孩子同样的公民权利。这项公投及其背后的"抵抗性民族主义"传达的讯号在于，一部分焦虑的爱尔兰人试图在多元化的当下退回并守卫单一性的爱尔兰认同，虽然这种单一性很可能只是一种被不断重复和自我强化的迷思。基伯德在著作《爱尔兰作家与世界》（*The Irish Writer and the World*, 2005）中专辟一章《自己国土上的陌生人：爱尔兰的多元文化主义》（"Strangers in their own country: multiculturalism in Ireland"），以不失戏谑的口吻回顾爱尔兰将北欧入侵者和英国殖民者"同化得比爱尔兰人更爱尔兰"的传奇历史，反问当下的同胞为何对"拥抱尼日利亚和罗马尼亚来客却如此

① Delanty, Gerard. "Beyond the Nation-state: National Identity and Citizenship in a Multicultural Society—a Response to Rex", in *Sociological Research Online*, 1996, vol. 1, issue 3, p. 56.

勉强"①。他剖析人们对杂糅的恐惧，将之归结于对政府将移民"植入"当地社区的官僚做派之反感，或是对未来不确定性的焦虑②。他更引用克里斯蒂娃（Julia Kristeva）关于"陌生人的国度"（a nation of strangers）的概念，期待在爱尔兰亦能出现对狭隘民族主义的批判，对本土和外来文化的双重拥抱③。

天平另一边的外来移民群体本身，也显示出并不均衡的姿态。一方面，他们中的许多人，尤其来自西非和东亚者，以及教育、职业和经济地位较低者，甚至根本未取得合法居留资格者，在这片陌生的土地上过着一种近乎"无声而隐形"的生活④。而另一方面，他们中的另一些人则展现出参与移居国的文化生活、为无声和隐形的生存赋予声音与形态，甚至在一定程度上改变现有景观的动力和能量。他们创办了专事刊发多元文化新闻与写作的著名报纸《爱尔兰都市报》（*Metro Eireann*），他们建立了与爱尔兰艺术家跨界合作的非洲裔爱尔兰移民剧团阿兰贝剧社（Arambe Productions）、波

① Kiberd, Declan. *The Irish Writer and the World*, pp. 303–304.
② Ibid., pp. 316–317.
③ Ibid., p. 314.
④ McGrath, Aoife. *Dance Theatre in Ireland: Revolutionary Moves*, Basingstoke: Palgrave Macmillan, 2013, p. 162.

兰移民剧团爱尔兰波兰剧社（Polish Theatre Ireland），用文字、形体、语言和音乐为自己和身后的文化发声。

在如此充满矛盾与张力的版图上，戏剧又一次成为所有艺术形式中"非常独特"[1]"极为热情"[2]的一种。戏剧家以开放的眼光、细腻的情感观察和敏锐的文化触觉记录和想象着异国来客在小岛上的遭遇、机会、排斥、融合以及深具能动性的改变。世纪之交，爱尔兰戏剧再度举起了"国族生活之镜"，以经历过人口外流创伤史的共情者身份，也以戏剧天然的情感投射潜力，邀约或开放或保守的本土居民、或缄默或活跃的外来移民，一起加入文化间好奇的试探、理解的达成和复杂意义的诞生。如果将戏剧的相对活跃投射于此时爱尔兰文学对外来移民的总体沉默——直至 2005 年，基伯德仍在感叹，如此显著的人口地理变化之下竟还未见爱尔兰岛有何"重要的颂唱或辛辣的批评"[3]——那么剧场中的多元文化势

---

[1] McIvor, Charlotte and Matthew Spangler. "Introduction: Inward Migration and Interculturalism in Contemporary Irish Theatre", in McIvor and Spangler, eds., *Staging Intercultural Ireland: New Plays and Practitioner Perspectives*, Cork: Cork University Press, 2014, p. 6.

[2] King, Jason. "Interculturalism and Irish Theatre: The Portrayal of Immigrants on the Irish Stage", in *Irish Review*, Spring 2005, vol. 33, p. 25.

[3] Kiberd, Declan, *The Irish Writer and the World*, p. 276.

能则愈发具有先驱意义。

　　此时书写移民或多文化现象的爱尔兰戏剧呈现出令人眼花缭乱的多元性特征。毋庸置疑，创作者既包括新移民或混合族裔作家，例如来自尼日利亚的比西·阿迪贡、来自乌干达的乔治·瑟伦巴（George Seremba）、来自克罗地亚的米里亚娜·伦杜里克（Mirjana Rendulic），以及印度—爱尔兰裔的厄休拉·拉尼·萨尔马（Ursula Rani Sarma）和爱尔兰流浪族裔（Travellers）的罗莎琳·麦克多纳（Rosaleen McDonagh）——他们书写自身在爱尔兰的流散经验，或以少数族裔身份反观爱尔兰社会；同时也包括被研究者麦基弗称为"一组先锋"的爱尔兰本土白人剧作家 [1]：查理·奥尼尔（Charlie O'Neill）、德克兰·戈尔曼（Declan Gorman）、德莫特·博尔杰、罗迪·多伊尔（Roddy Doyle）、吉姆·奥汉伦（Jim O'Hanlon）、保罗·米德（Paul Meade）和保罗·肯尼迪（Paul Kennedy）等——他们书写与移民"他者"的相遇，书写"他者"所背负的骇人苦难，书写爱尔兰充满创痛的移民外流史与当下移民涌入现状的纵横并置，也书写爱尔兰历

---

[1]　McIvor, Charlotte. "White Irish-born Male Playwrights and the Immigrant Experience Onstage", in Pilar Villar-Argáiz ed., *Literary Visions of Multicultural Ireland: The Immigrant in Contemporary Irish Literature*, p. 37.

史幽微处鲜为人知的外来者往事。

　　短短十余年间，出现了前述非洲裔爱尔兰移民剧团阿兰贝剧社（Arambe Productions）、爱尔兰波兰剧社（Polish Theatre Ireland），也出现了由本土爱尔兰艺术家创立却致力于以先锋艺术风格探索包括少数族裔生活经验、唤起社会问题意识的卡吕普索剧社（Calypso Productions）、北部剧社（Upstate Theatre Project），以及由卡吕普索剧社衍生出的国际青年剧团巴别塔剧社（Tower of Babel Theatre Group）等。他们的创作视野和艺术风格千差万别，却拥有价值取向上的共性——"尊重差异，同时构筑团结"[1]。这些剧社中，剧作家、导演、管理者和演员往往是各种族裔的组合——就在20世纪末，"肤色无差别卡司的概念还全然陌生"[2]，此时却已成为爱尔兰舞台上新的常态。表演者肤色、族裔，甚至演出语言的混合性以极为直观的方式宣示着这些文化间艺术团体的愿景：十分典型地，爱尔兰波兰剧社在官方网站上这样表述自己的目标，"让观众领略到，戏剧

---

[1]　Knowles, Ric. *Theatre and Interculturalism*, London: Palgrave Macmillan, 2010, p. 61.

[2]　Singleton, Brian. *Masculinities and the Contemporary Irish Theatre*, London: Palgrave Macmillan, 2011, p. 20.

不仅是一种创造性表达方式，更有潜力成为文化隔阂之间的桥梁。"[①]

在这些剧作家、剧社和表演者所构成的松散而又互相合作的有机社群中，一种构筑于爱尔兰社区艺术传统（community arts）的生态开始形成[②]。他们一方面以职业水准创作出关注新移民经验和多元文化现状的戏剧作品，另一方面邀约和组织移民和少数族裔者加入一种真正民主化的艺术创作，令他们在成为主题的同时，也成为创造者。这种生态下的戏剧演出场地亦是五花八门：一方面，诸如本土剧作家奥凯利（Donal O'Kelly）最早反映难民生活经验的《避难所！避难所！》(*Asylum! Asylum!*, 1994)、尼日利亚移民剧作家阿迪贡与爱尔兰作家多伊尔合作改编辛格的《西方世界的花花公子》(*The Playboy of the Western World*, 2007)、智利移民剧作家兼演员希门尼斯（José Miguel Jiménez）基于乔伊斯小说《尤利西斯》(*Ulysses*, 1922)所赋灵感而创作的《我们也曾是你现时的模样》(*As You Are Now So Once Were We*,

---

[①] Polish Theatre Ireland. https://polishtheatre.wordpress.com/about-us/, accessed December 1st, 2022.

[②] McIvor, Charlotte. "White Irish-born Male Playwrights and the Immigrant Experience Onstage", p. 37.

2010）等剧作上演于全国戏剧文化的中心——阿贝剧院，证实着移民输入经验和多元文化现状已成为主流议题之一。另一方面，更多数量的作品上演于各个城市的"中小剧场，甚至社区中心和难民安置营地"①，这种特殊的演出地理在很大程度上反映出爱尔兰的多元文化戏剧与移民群体和社区、基层文化生活之间有着极为紧密的纽带关系。在这种艺术与生活共栖的生态之下，传统形式的戏剧、舞剧、音乐剧，以及更具即兴性的街头表演和装置艺术等百花齐放，如毛细血管一般伸入人们的日常生活。

此时的爱尔兰剧场见证着本土与外来、传统与新潮、中心与边缘之间的交织和交融，甚至见证着它们之间悄然的转换和由此萌生的新意。如果说在对海外来客这一崭新意象的呈现中，最初的爱尔兰舞台曾难以避免地陷入视角上的本土优越感、事实上的文化误读，甚至傲慢的过分简化，或将他者缩小为配角等困局②；那么当社区中、媒体上、剧院里

---

① McIvor, Charlotte and Matthew Spangler. "Introduction: Inward Migration and Interculturalism in Contemporary Irish Theatre", p. 2.

② 见 Tucker, Amanda. "Strangers in a Strange Land?: the New Irish Multicultural Fiction", in Villar-Argáiz. Pilar. ed., *Literary Visions of Multicultural Ireland: The Immigrant in Contemporary Irish Literature*, pp. 52–54。亦见 Villar-Argáiz, Pilar. "Introduction: The Immigrant in Contemporary Irish Literature", p. 13。

的相逢、碰撞和互动日益变得寻常而深刻，民众、读者、艺术家和观看者的视野与观念皆在接受一轮又一轮的洗礼更新。如果说多伊尔的《猜猜谁会来共进晚餐》(*Guess Who's Coming to Dinner*, 2001）及与之题材相似的一类作品曾将爱尔兰社会对外来者的接纳简单化或理想化，编码为非洲男子和爱尔兰姑娘之间的浪漫爱情；那么奥凯利的《避难所！避难所！》则以更加现实主义的笔触揭露此种刻板模式在残酷撕裂的社会环境中之不可实现；而沃尔什的《曾经》(*Once*, 2012）则更进一步，颠覆习以为常的、优势者对弱势者的接纳，让来自东欧的女性角色帮助颓废的爱尔兰青年实现音乐梦想，成为他惺惺相惜的伙伴和位置颠倒的拯救者，悄然解构爱尔兰人和"他者"之间微妙的权力关系。如果说博尔杰《巴里曼三部曲》(*The Ballymun Trilogy*, 2010）中的《巴西镇》(*The Townlands of Brazil*, 2006）代表了一类将爱尔兰移民外流的创痛历史与当下外来移民流散现状相对照的题材，体现着诉诸历史共情的路径，那么奥凯利的《坎布里亚号》(*The Cambria*, 2005）和北方剧社的社区戏剧《从巴别塔启程》(*Journey from Babel*, 2009）则更加大胆，通过发掘历史幽微处小岛对北美废奴运动者、对欧陆少数教派的接纳，表现彼时比现在更加热诚、自然的融合，提出了犀利的自我拷问：爱尔兰果真是她自以为的单一种族之地吗？"他者"不是一直存在于"自我"之中吗？剧场中不断发生的更新、解构与建构，邀约着人们重新审视血缘、信仰和肤色等外在标签。构筑于"土地、天主教和民族主义"的传统爱尔兰身份被更加深入地质疑，爱尔兰特质的含义与范畴则随之进一步拓宽。

　　充满跨文化意味的舞台景观与小岛现实中的多元文化场景同时，甚至先行于后者发生。现实中的缄默者在剧场中发出声音并为众人听见，现实中秘而不宣的种族间权力关系在舞台上诉诸有形，现实中习以为常的"爱尔兰"观念在幕布前一次次颠覆传统的拯救、曲折离奇的吸引和芥蒂尽消的拥抱中被冲击和更新。此时的爱尔兰戏剧不仅是面向新现实举起的镜子，而更在"演绎、重组、考验和参与"[①]着多种文化间的新现实。这种新现实既包含爱尔兰人对自己种族的重新认识——如克里斯蒂娃所言，"奇异的是，外国人存在于我们自身之内：他是我们身份背后隐藏的面孔，是打碎我们居

---

① Conquergood, Dwight. "Storied Worlds and the Work of Teaching", in *Communication Education*, vol. 42, issue. 4, 1993, p. 337.

所的空间，是我们所以为早已达成的理解与亲密轰然崩塌的时间"[1]；也包含移民对自己在爱尔兰的流散经验和交往过程的体认和记录；更意味着多种文化传统的交融所可能产生的巨大张力和开创性新意。此时的爱尔兰舞台所呈现的景观开始具有社会学家所津津乐道的"文化间社会"（intercultural society）之种种特质：这种社会不止步于静态、隔绝的人口多元事实，而是推崇文化社群之间的实际交往互动，它信奉平等、发现差异、赞美差异，并从差异的阈限地带生发出新的认同。[2] "凯尔特之虎"羽翼所扇动的风潮之下，爱尔兰大大小小的舞台与现实生活一同，或先行于现实生活，开始了新一轮的想象。而这一次，小岛的文化疆界更进一步解放和拓宽了。

---

[1] Kristeva, Julia. *Strangers to Ourselves*, trans. L.S. Roudiez. New York: Columbia University Press, 1991, p. 1.

[2] 关于"文化间主义"的定义，参见 Nagel, John. *Multiculturalism's Double Bind: Creating Inclusivity, Cosmopolitanism and Difference*, Farnham: Ashgate Publishing, 2009, p. 169. Knowles, Ric. *Theatre and Interculturalism*, p. 59. McIvor, Charlotte. "Staging the 'New Irish': Interculturalism and the Future of the Post-Celtic Tiger Irish Theatre", in *Modern Drama*, 2011, vol. 54, no. 3, p. 313. Titley, Gavan, Aphra Kerr, and Rebecca King O'Rian, *Broadcasting in the New Ireland: Mapping and Envisioning Cultural Diversity*, Maynooth: National University of Ireland, Maynooth, 2010, p. 38。

✎ *02*
拒斥与接纳：《避难所！避难所！》和《坎布里亚号》

1994 年上演于阿贝剧院的《避难所！避难所！》（以下简称《避难所》）是最早关注"外来者"的戏剧作品之一。身为白皮肤都柏林人的本土剧作家奥凯利——政治立场激进的卡吕普索剧社的创始人之一——将目光投向了"外来者"中掩映于最深的阴影中的一群——非法移民。这部现实主义风格的剧作呈现了一名乌干达男子在爱尔兰失败的寻求避难之旅，并记载了这场短暂冒险中他与各式爱尔兰人发生的交汇、冲突与遗憾。剧作家对寻求庇护者的境遇倾注了不加掩盖的同情，对爱尔兰及整个欧洲共同体 20 世纪 90 年代初期严苛保守的移民政策、与之呼应的民间仇外情绪提起了尖锐的批评。

戏剧开始于都柏林的一个酒吧，刚刚退休的教堂司事比尔·高克伦（Bill Gaughran）闲坐在吧台边。这是一幅刻板印象般平静而陈旧的爱尔兰市民生活图景，而它即将被黑皮肤的闯入者搅动得天翻地覆。闯入者是东乌干达人约瑟夫

（Joseph），他是此时数量甚众非法入境者的缩影：他们的身体和心灵背负着遥远祖国的贫穷、内乱和恐怖，但与他们消失不见的身份证件一样，这些过往历史中的苦难"没有任何证据"[①]，也因此无法获得官方承认的难民身份。他们中的大多数怀揣卑微的梦想：在爱尔兰的城市或乡野"消失于人群，活下来，悄无声息但活下来"[②]。

约瑟夫的卑微梦想被比尔的儿子——移民局官员利奥（Leo）打破。利奥是他的审讯者和驱逐者，这些闯入者口中的故事统统被利奥视为谎言，他把将闯入者逐出国境视作职责、正义，以及补给自身事业雄心之火的薪柴。富有戏剧性的是，比尔的女儿、新晋律师玛丽（Mary）却在机缘巧合下成为约瑟夫的援助律师。她不仅以专业的辩护帮助约瑟夫逃脱牢狱，不懈帮助他申请庇护，而且在此过程中与之真诚相爱。约瑟夫的苦难经历和执着诉求最终打动了高克伦家庭的每一个人，甚至利奥也不惜辞去代表其事业雄心顶点的欧洲刑警职务，与执意驱逐非法移民的法则对抗。然

[①] O'Kelly, Donal. *Asylum! Asylum!*, in Fits-Simon, Christopher and Sanford Sternlicht, eds., *New Plays from the Abbey Theatre 1993–1995*, Syracuse: Syracuse University Press, 1996, p. 144.

[②] Ibid., p. 120.

而这终究成为一场不成功的拯救行动——约瑟夫仍然被移民部门以极其粗暴的方式扭送出境，送上生死难卜的返乡之途。

《避难所》坦诚地展现了爱尔兰社会对外来者的矛盾态度，高克伦家庭中最初发生的撕裂实为其时爱尔兰社会的缩影。利奥的立场代表着小岛对第三世界来客的怀疑、恐惧，甚至拒斥。在一个地理相对隔绝、种族构成相对单一的国度，这是面对样貌、文化迥异于己者突然闯入之潮的本能情绪。这种"抵抗性民族主义"在剧中形于日常生活与法规制度：它既可见于约瑟夫被捕时路人小女孩向他抛掷的雪糕，可见于利奥关于"我们自己已有三十五万失业人口、欧洲已有一千八百万失业人口"[1]的驱逐理由；也可见于警察对约瑟夫使用的手铐、束身带、塞口物和绑腿胶带；更可见于其时欧洲共同体致力于实现"零入境"[2]的严苛法规。而玛丽则代表着基于共通人性的善意、关切和爱，代表着风雨飘摇中的"欧洲自由主义传统"[3]，代表着对"他者"苦难历史的体认与理解，代表着迎接"文化间自由模式"的最初努力。而后者

---

[1] O'Kelly, Donal. *Asylum! Asylum!*, p. 119.

[2] Ibid., p. 163.

[3] Ibid., p. 147.

显然是剧作家奥凯利本人所拥抱的立场，他与查理·奥尼尔共同创立的剧院卡吕普索剧社素来以致力于以戏剧唤起民众对社会不公、少数族裔生存困境等议题的关注而闻名，而他本人更是"深具社会良知的作家兼社会活动家"[①]。与许多本土作家一样，他激进的政治立场抵消着自己身为白皮肤都柏林人的天然身份，先于时代，为文化间交融、理解和主流化描绘图景，为岛国的隐形者、无声者勾勒轮廓。

十分具有先行意义的是，这部剧作呈现的并非强势地位者、本土爱尔兰人对弱者、非洲来客的单向施救。如利奥台词所说，那将会是"种族主义中最糟糕的一种：让他接受你的慈悲，永在你的羽翼之下"[②]。约瑟夫本人拒绝接受这样的救助，他称之为虚伪的慈善——优势地位者对"天真之人""高贵的野蛮人"的拯救，因为其中必然包含对后者的"矮化"与"柔化"[③]。相反，约瑟夫始终试图以平等共通的人性叙事打动他所面对的爱尔兰人。他向高克伦一家讲述自己父亲吟唱乌干达铁路之歌哄他入睡的温馨往事，将它与比尔以"蓝火车、红火车"的故事哄幼年利奥入睡的往事巧妙并

---

① Sternlicht, Sanford. *Modern Irish Drama: W. B. Yeats to Marina Carr*, p. 146.
② O'Kelly, Donal. *Asylum! Asylum!*, p. 144.
③ Ibid., pp. 151–152.

置，并得出结论："世界各处的人们都一样！"①

　　剧作家并非天真地以这种共通性作为为外来者辩护的唯一理由，其后的情节即将揭示，看似共通的父子温情之下，非洲来客的故事中埋藏了超越此时爱尔兰人生活经验的骇人苦难。约瑟夫父子是乌干达内部战乱和暴力的牺牲者——他在武装士兵的胁迫下亲手挖掘深坑、堆搭木柴，目睹包括父亲在内的无辜村民被活活烧死。这些未曾留下证据的苦难令高克伦一家所经历的、第一世界中产阶级家庭式的父子烦恼显得微不足道，也使得剧内剧外的聆听者无法不在巨大的震动中认同人道主义救援的合法性。

　　剧作甚至将"共通性"从人性层面拓展到历史层面，审视爱尔兰与乌干达表面迥异却内核相似的后殖民处境。约瑟夫反复援引父亲所钟爱的丘吉尔（Winston Churchill）著作《非洲之旅》（*My African Journey*, 1908）："人生转瞬即逝 / 多少沉浮变迁 / 就如乌干达铁路"②，回顾乌干达人在欧洲人主导的东非铁路修建史中付出的血汗劳力，感叹这条铁路是如何在非洲的胸膛上"凿出长长的伤口，这条伤口至今仍在泵出非洲的

---

① O'Kelly, Donal. *Asylum! Asylum!*, p. 121.
② Ibid., p. 127.

鲜血"①；而可悲的是，此时的欧洲已不再需要非洲人的血汗劳力，而把逃离那片鲜血泵尽后贫穷纷乱的土地的黑肤人视作威胁与麻烦。乌干达是被昔日"中心"抛弃的"边缘"，而爱尔兰则是正在成为"中心"的昔日"边缘"。"属下"（subaltern）心态仍然隐匿地存在于包括利奥在内的爱尔兰人身上：他将乌干达人试图闯入的中心——20世纪90年代的爱尔兰——视作"大洋边的一块礁石而已"，一心想要进入欧洲大陆，入编欧洲刑警组织，那是他心目中"真正的中心"②。

　　剧作甚至将乌干达正在经历的血腥恐怖与爱尔兰曾经经历的战乱暴力并置审视。仿佛与约瑟夫所讲的骇人听闻的烧人事件形成对位，年迈的比尔也向众人讲述了20世纪40年代发生于都柏林的北斯特兰德轰炸事件。当同样的无辜死伤和流离失所被亲历者叙述，跨种族相遇的一种文化效果发生了：被压抑于潜意识的创伤经历浮出水面，处于"中心"的爱尔兰人直面在繁荣时代中几被忘却的苦难过往。这是克里斯蒂娃所言与"外国人"相遇时发生的奇迹，我们开始看见自己"隐藏的面孔"，打破自以为安稳的"居所"，重新审视

① 　O'Kelly, Donal. *Asylum! Asylum!*, p. 159.
② 　Ibid., p. 118.

习以为常的经验与观念；也是与遥远大陆的奔逃者发生联结、认同和团结的认知与情感根基之一。

当中心与边缘的对立被模糊甚至颠覆，当两块土地的后殖民境遇被置于共同的历史坐标系，约瑟夫所遭遇的敌意开始显得狭隘和荒谬，而一条迥然相异的道路开始显现踪影，那便是跨越种族、肤色、文化背景的关怀和爱意。比尔邀请无家可归的约瑟夫入住家中，成为他的爱尔兰父亲；玛丽与约瑟夫相爱，成为他的精神伴侣；甚至原本的敌对者利奥也最终辞去执法者身份，不惜为保护约瑟夫而与体制作战。这正是"文化间主义"（Interculturalism）一个具体而微的场景：爱尔兰人与外来者不仅发生了地理上的交集、后现代意义上的拼贴，还萌生互有善意的好奇、对话的渴求和融合的希望；他们的交往成为"政治化的场地"（politicised sites）①，预言着或将到来的杂糅新意。

此种"文化间"态度在爱尔兰岛还未真正形成气候，但在相信小岛基于苦难历史、共同人性而将比其他国家更易理解和包容那些失根者、求生者和新来者的文化力量中间——这当然包括奥凯利和他的剧团；包括开始探索这一主

①　Knowles, Ric. *Theatre and Interculturalism*, p. 59.

题下种种涌流的其他剧作家、小说家、诗人；也包括自 2006
年来把文化多样性（diversity）定为核心价值之一的爱尔兰
艺术委员会（the Arts Council）①；以及其他更多乐于以同理心
看待人口版图变化的人们——一条通道已在悄然铺就。

　　作为对移民流入主题展现出最早关注的作品，《避难所》
主要将约瑟夫的岛国之旅呈现为爱尔兰人为主导的一场拯救，
且审慎而诚实地并未给出太过乐观的结局：高克伦家族的努
力并未为约瑟夫争取来合法的庇护者身份，他被以最残酷的
方式绑缚并送上了回归非洲的航班。这是该剧社会批判意义
之所在——此时欧洲并不友好的移民政策成为剧作家希望他
的观众注视与反思的对象。当这样一部戏剧上演于国家剧院
阿贝剧院，剧作家所欲传达的跨种族关怀似在曙光中成为一
项即将受到更广泛关注的议题。

　　约瑟夫在爱尔兰所经历的困境，在奥凯利十年之后的剧
作《坎布里亚号》中仍在延续。幕启时，都柏林机场的登机
广播响起，而奥康奈尔中学的历史教师科利特（Colette）正
为一名学生被驱逐出境的命运痛哭。这名来自尼日利亚的
帕特里克（Patrick）身上展现着比约瑟夫更多的"融入"元

---

① 　The Arts Council, https://www.artscouncil.ie/News/The-Arts-Council-announces-
　　new-policy-on-cultural-diversity/, accessed September 2nd, 2021.

素——他在爱尔兰历史的荣誉课程中拿到优良成绩、在圣帕特里克节演出中扮演同名爱尔兰圣人；他也已赢得比流落于街头、警察局和监狱的约瑟夫更多的公众关注——他获得过媒体采访，收到过许多支持信，甚至有数名议员亲自过问他的避难申请，都建议宽恕；但在民间的排外情绪高涨、公民权公投后的政策对外来移民愈发严苛的 21 世纪初年，《避难所》中的悲剧再一次在这位黑皮肤的少年身上上演。

这一次，剧作家奥凯利未以《避难所》中的现实主义笔触细述尼日利亚的帕特里克的遭遇。他以这位少年的命运为引，向剧场中的观众展现了历史深处爱尔兰曾如何对待寻求庇护的黑肤人——19 世纪的美国著名废奴运动者弗雷德里克·道格拉斯（Frederick Douglas）——不仅让人们惊叹于一个半世纪以前的小岛对待这些外来流浪者是何等地开放和尊重，更让人们反复回味道格拉斯所说"倘若不发声要求，权力绝不会主动让步。它从未如此，也永不会如此"①。从《避难所》到《坎布里亚号》的现实批判和历史回溯，落脚点正在于此。

这部手法新颖的剧作中，引用完道格拉斯名言的教师考

---

① O'Kelly, Donal. *The Cambria* (2005). in McIvor and Spangler, eds., *Staging Intercultural Ireland: New Plays and Practitioner Perspectives*, p. 160.

莱特与她的倾听者通过服装道具瞬间转场来到一百六十年前的坎布里亚号上，那正是这位逃离巴尔的摩船坞的黑奴、伟大的演说家、作家和政治家道格拉斯从波士顿起航前往爱尔兰的邮轮，沿着当时众多从深南州逃出的奴隶奔向自由的路线。

《坎布里亚号》中的这艘开往爱尔兰科克港的邮轮是一艘关于自由和平等理念的启蒙之船，驶向作为自由民梦想终点的爱尔兰。在船上的一场场风波之后，底舱中包含众多黑人劳工的船员为释放道格拉斯而罢工示威，他们"航行，航行，我们一同航行"的劳动号子变成具有政治意味的吟唱；贩奴船船长的后代、坎布里亚号船长贾金斯（Judkins）决心与自己的阶级决裂，为父辈的历史赎罪，他向父亲的灵魂求祷"将它从我脖颈上取下吧，爸爸，将那黑色信天翁取下"[①]；执意将道格拉斯遣返回美、归还"主人"的种植园奴隶主多德（Dodd）被船上的反叛者禁闭于他的舱房；他年幼的女儿玛蒂尔德（Matilda）成为道格拉斯的朋友，极富象征意义的是，她将珍爱的音乐盒芭蕾小人"释放"，让这"跳舞的奴隶"不再终日困囿于狭窄的木盒中[②]；以"约翰逊先生"为化

[①] O'Kelly, Donal. *The Cambria*, p. 185.
[②] Ibid., p. 191.

名登船的道格拉斯终于走出低矮的底舱，在甲板上对人们发表关于奴役、不公与自由的演讲，以他的真实姓名和真实身份面对此后的生活。

坎布里亚号航程的终点爱尔兰是作为其起点——奴隶苦难深重的美国之反面而存在的。在茫茫大洋上，道格拉斯不止一次梦想这次极富象征意义的抵达：越远离北美的海岸线，越接近这片翡翠岛，他便越感到自己"迎向未来，迎向自由"[①]。而翡翠岛确未辜负这位出逃的奴隶。他在科克港受到了成百上千爱尔兰人热情洋溢的欢迎，他们的欢呼声在山谷间"回响不绝，仿佛爱尔兰的土地都在低吼"[②]。

更重要的是，《坎布里亚号》想象了爱尔兰的"解放者"（the Liberator）奥康奈尔（Daniel O'Connell）与道格拉斯的历史性会面。在科克港的码头，这位将数百万天主教徒从延续百年的"刑罚时代"之歧视和不公境地中拯救出来，并终身致力于废止英爱合并条约的爱尔兰民族英雄亲自前来迎接这位远道而来的寻求庇护者，并在热情洋溢的欢迎辞中"以自由和自决之名"向人群介绍这位"黑皮肤的奥康奈尔"[③]。

---

① O'Kelly, Donal. *The Cambria*, p. 174.
② Ibid., p. 195.
③ Ibid.

在这两位解放者紧握的手中，爱尔兰的历史和美国黑人的历史被连接起来，两个社群所经历的压迫和歧视、所进行的抗争和解放在 21 世纪的舞台上被并置起来。戏剧表演天然易于跨越角色之间、角色与观众之间疆界的临界特性（liminal nature）在此时发挥，两种主体性在此刻交汇并发生共情。

《坎布里亚号》中，一百六十年前的爱尔兰岛对外来者、受压迫者、寻求庇护者展现出了热情洋溢的宽容态度。剧作家将创造性的想象与历史记载相结合，他直接引用道格拉斯自传《弗雷德里克·道格拉斯：一个美国奴隶的生平自述》（*The Narrative of the Life of Frederick Douglas: an American Slave*, 1845），将他抵达爱尔兰后的人生称为"巨大转变"之后"最快乐的时光"[1]。剧中的道格拉斯在致友人的信中描述道，在这片"笼罩着柔软灰雾的翡翠岛"上，无论普通人还是身居高位者，都"并不以肤色判断人，而以道德和智识水平尊敬人"；爱尔兰人是他"饱受歧视的族人的朋友"，从来不吝"温暖的合作""开明的态度"和"自由的精神"[2]。

---

[1]　O'Kelly, Donal. *The Cambria*, p. 195.

[2]　Ibid., p. 196.

在虚构和史实的交界处，《坎布里亚号》潜入几乎已被人们遗忘的历史纵深处，发掘了一个曾对外来者报以极大善意和包容的爱尔兰。有评论认为，该剧的意义之一是"承认了爱尔兰曾广泛存在的庇护难民与黑人的历史"，甚至"打破了有关爱尔兰人和爱裔美国人在废奴运动中参与甚少的误解阴影"[1]。当一艘大船跨越大西洋旅途中惊心动魄的反抗和觉醒被记述，当它命运难定的乘客在翡翠岛的重生被描绘，那么又当戏剧结尾处回到当下，历史老师科利特发问，"假如弗雷德里克·道格拉斯是现在来到爱尔兰，又会怎样？"[2]一种巨大的反讽产生了。与《避难所》一脉相承，《坎布里亚号》拷问着当下爱尔兰社会，尤其移民管理体系中所逐渐缺失的同理心与包容力。富有深意地，这部始于又终于一名名叫"帕特里克"的被驱逐者的戏剧首演于 2005 年圣帕特里克节的都柏林；更富有启示性地，此后它不仅上演于津巴布韦和赞比亚，而且班底又与美国著名的黑人剧团——哈勒姆经典剧社

---

[1] McIvor, Charlotte and Matthew Spangler, "Introduction to Donal O'Kelly's *The Cambria* (2005)", in McIvor and Spangler, eds., *Staging Intercultural Ireland: New Plays and Practitioner Perspectives*. Cork: Cork University Press, 2014, pp. 155–156.

[2] O'Kelly, Donal, *The Cambria*, p. 160.

（the Classical Theatre of Harlem）合作献演于纽约。《坎布里亚号》从历史深处所挖掘的友爱理想，在当下的艺术实践中继续着跨越敌意与隔阂的航行。

◢ *03*
险途与边缘：《穴居者》和《蘑菇》

　　奥凯利或他的卡吕普索剧社所代表的对外来移民的同情，以及与此相应的政治激进立场，正是此时的爱尔兰戏剧界涌动的浪潮。事实上，自 20 世纪 90 年代中期以来，一些爱尔兰本土白人剧作家的作品便已开始与更广泛的移民政策和其他多元化运动的政治激进主义密切相关 ①。在巡回演出、社区剧院甚至街头，他们的创作试图呈现本土爱尔兰人与外来者的相遇，打破其中的偏见与隔阂；也试图转变视角，从外来者的角度表达创痛、困惑和希望。出生于贝尔法斯特的女剧作家妮古拉·麦卡特尼（Nicola McCartney）所作的《穴居

---

① 见 McIvor, Charlotte. "White Irish-born Male Playwrights and the Immigrant Experience Onstage", pp. 38–41。

者》(*Cave Dwellers*, 2001) 便是后一类中十分独特的一部。

在这部由苏格兰著名政治剧团 7:84 剧社首演的作品中,具体的地点、国度被悬置了。欧洲某处的海边悬崖上,三位没有身份的逃难者守在黑暗洞穴中,等待一位不知何时会来的神秘人物约瑟夫——他们相信约瑟夫是最伟大的蛇头,会守信地带他们越过悬崖下的深海,去往目的地"那边"。这个临时组成的集体里,三人在支离破碎的交谈中吐露了各自背后的恐怖历史:十几岁的少年来自战乱之地,亲眼看见村庄被摧毁、母亲被杀害并焚尸,逃跑途中他被抓获,并被强迫成为一名持枪的童兵。老年女子曾两度被暴力逐出家园,她的全家被塞进拥挤的火车车厢,运往帐篷集中营;与那个"死亡之地"① 所有的女性一样,她在那里接受了一针无名针剂,失去了生育后代的能力。青年女子的丈夫被构陷入狱,她随后也被抓入火车车厢临时组成的村庄,在那里遭到卫兵的凌辱,并被夺走幼子。

而与这三人漫长的等待和悲惨的叙述交叉上演的,则是一个已经抵达"那边"的男子面对移民官员质询的应答——"请解释你为何申请避难""请具体描述所发生的事件,

---

① McCartney, Nicola. *Cave Dwellers* (2001). in McIvor and Spangler, eds., *Staging Intercultural Ireland: New Plays and Practitioner Perspectives*, p. 74.

如有可能，请给出具体每起事件发生的具体时间""如果你声称曾受到虐待或侵害，谁应该为此负责？"[1] "你有否曾去往所在国的其他地区以避免你刚刚叙述的事件？"[2] "你是否曾将你刚刚陈述的事件报告给警方或其他官方机构？如果没有，为何不报告？"[3] "你是否能证明你所叙述的事件为实？"[4] 这些提问如此机械而程式化，当它们与洞中三人所叙述的血淋淋的个人历史穿插上演，一种巨大的落差和讽刺产生了——这些流离失所者梦想中"鲜活的"[5]、能"赚钱"吃饭的[6]、能在"柔软床褥"上安抚失而复得的孩子[7]的国度，对他们并非张开双臂欢迎，而是展现着非人化的体制性冷漠。

剧中四人关于战乱、屠杀、强制迁移、集中营和酷刑的个人历史叙述中常常出现离奇的交汇和巧合，甚至在许多细节处诱惑着观众猜测两位女性角色是否互为对方的老年和青年，两位男性角色是否亦是如此，而被迫成为士兵的少年是

---

[1] McCartney, Nicola. *Cave Dwellers*, p. 72.

[2] Ibid., p. 74.

[3] Ibid., p. 75.

[4] Ibid., p. 77.

[5] Ibid., p. 40.

[6] Ibid., p. 53.

[7] Ibid., p. 80.

否正是集中营里对青年女子的施暴者？但剧作家的意图显然并不在于以佳构剧的巧合结构来叙述一个残酷故事。她又以模糊、歧义和出入的手法向观众否认这些猜测，或者不如说将对细节巧合的揣测引向更广阔纵深的抽象：受难者的个人历史、地区历史和民族历史在许多维度上本是相通的，他们有可能互为彼此，也有可能在不可抗拒的权力支配下互为施害者和受害者。《穴居者》中的一切都是无名而模糊的，国度、时间、人物、信仰、偷渡路线皆无确指，人物所等待的救赎者约瑟夫也神秘无踪。这种无名与模糊一方面构成与荒诞派杰作《等待戈多》的互文，另一方面扩大了人物所代表的范畴——他们可以是任何年代、任何国家、经历过人类历史上任何骇人苦难的人，他们忍受着贫穷、饥饿和寒冷，承受着亲人分离的创痛，"没有证件，没有家园，没有姓名，几近非人"①。

这些经历过人性之恶的受难者最初互相猜疑、争夺和提防。两个黎明之后，这些没有姓名的人却形成了一个临时的家庭，他们在黑暗洞穴中彼此搀扶寻路，在大海波涛中搏命互救。他们仍然抱持着约瑟夫会来拯救自己的信念，虽然挣扎与问讯交叠上演的舞台已让观众觉察，他们所期待进入的

---

① McCartney, Nicola. *Cave Dwellers*, p. 75.

国度也许并不能提供给他们足够的善意和款待。但对于这些流离失所者来说，约瑟夫的意象仍然珍贵，"他固然有邪恶之处，但他给予我渴求之物——正常的生活……以及希望"①。这个被不止一次比作罗宾汉的虚幻人物显然比第一世界的人们更令受难者们亲近，因为后者仅仅会"在每天早晨啜饮过滤咖啡，佐以当天报纸新闻"，而那新闻中遥远国度发生的"强奸、谋杀和偷渡"②正是被拒斥于国境线外、悬崖洞穴中那些无名者所经历的日常。

《穴居者》的戏剧手段似乎结合了贝克特式的荒诞和布莱希特式的史诗性，与《避难所》和《坎布里亚号》的现实主义呈现方式相去甚远。剧作家从难民的视角经历和叙述他们所逃离的恐怖和经历的险途，而这出独特的戏剧在观剧者内心掀起的波澜并不比穴居者脚下大海的波涛平静——首演时，剧评人特尔玛·古德（Thelma Good）这样描述此种波澜，剧中人"比我们自满的西方人对世界有着更丰富的经验"，他们的故事"真的扰动了吃饱穿暖、呵护甚好的我们"③。

① McCartney, Nicola. *Cave Dwellers*, p. 78.
② Ibid., p. 80.
③ Good, Thelma. "Cave Dwellers Review", https://reviewsgate.com/cave-dwellers-tour-to-23-march, accessed December 12th 2021.

　　倘若《穴居者》中的无名者侥幸抵达，在爱尔兰岛上的命运又当如何？保罗·米德作品《蘑菇》（*Mushroom*, 2007）给出了一种答案。这部剧作试图从抵达者的视角呈现他们在小岛的边缘生活——一种"无声者"和"隐形者"最常经历的生活。这种生活中充满孤独和迷惘的流散症候，也充满关于自由和重生的意义找寻。《蘑菇》以多条线索交叉递进的方式讲述了若干东欧移民在偏远的莫纳亨郡（Monaghan）平淡艰苦的人生片段。十九岁的波兰姑娘伊娃（Ewa）追寻抛弃她的丈夫来到爱尔兰，只能寄宿在父亲、建筑工人安杰伊（Andrzej）狭小的一居室公寓。她与罗马尼亚姑娘玛丽亚（Maria）一同在蘑菇农场当采摘女工，并几乎在这位在罗马尼亚学习了三年艺术专业，并不满足于现状的女性带领下离开此地，尝试去都柏林读大学，找到一份更好的工作，但最终囿于家庭创伤未能成行。

　　这部剧作的新颖之处首先在于对底层、边缘的外来移民生活状态的白描式和群像式呈现。与其说这张群像素描是出自白人剧作家米德的想象，不如说是剧作家与他前期所访谈的众多移民，以及后期与他一同打磨作品的多种族演员团队共同的创作。戏剧以现实主义的笔触祖露这些外来者在爱尔兰农村的艰辛求生——他们在蘑菇农场、养鸡场和建筑工地打工，忍受着这些工作中无尽的重复和无望，领取着与爱尔兰工人并不同酬的工资。与幕启时的孤独意象所暗示的一样——"从黑暗的角落里能看到星星点点的白色蘑菇，就像从遥远星系发出光芒；演员依次出现，人人笼罩于自己的小世界中，动作缓慢平静"①——他们更似这片土地上的漂浮者，与爱尔兰社会缺乏真正的联结。他们的出走亦为家乡的留守者带来难以治愈的创伤，在剧作的一条次要线索中，从爱尔兰回到罗马尼亚寻根的移民后代马丁发现，自己的舅舅承受了姐姐和恋人接连离开的痛苦，从此沉入更深的绝望。

更进一步，剧作还打破了对这些边缘者的简单归类和刻板印象，呈现出他们内部的千差万别。《蘑菇》中不乏具有世界主义意味的外来移民角色，他们以全球旅行者的角度描述自己的爱尔兰之行，并从"他者"的角度观察和评价爱尔兰社会与文化。来自波兰的安杰伊这样描述自己："在意大利修过屋顶，在德国建过桑拿房，在黑海边卖过烤肉，去埃及看过金字塔，在德尔斐与女祭司交谈……我在哪里都能找到工作。"②他将自己的来意归结于对纽格兰奇古墓（Newgrange）

---

① Meade, Paul. *Mushroom* (2007). in McIvor and Spangler, eds., *Staging Intercultural Ireland: New Plays and Practitioner Perspectives*, p. 250.

② Ibid., p. 251.

的向往。他的游历甚至因此包含着雏形的"文化间"自觉——当来到这座五千年前的爱尔兰古迹，不仅真心赞赏其中不同于埃及、希腊和罗马式粗硬线条的"柔软、神秘、杂乱的螺线"，更感叹找到此前罗马尼亚生活中所缺失的宗教、科学与艺术的交汇合一，① 离自己素来找寻的"与我们所有人类祖先的联结"的心愿更近了一步 ②。与安杰伊类似，玛丽亚也是一位"文化间"的自觉游历者。她承认"罗马尼亚很美，是的，我们有树木、山峦、河流和湖泊……我只是想要去看一些其他的树木、山峦、河流与湖泊"③；并因此"必须离开家乡，找寻一点意义，探索这个世界"④。

《蘑菇》中的爱尔兰并非外来者理想的终点。他们在此地的生活往往困于单调贫乏的机械劳动，甚少与当地社群发生实质的交流。玛丽亚曾幻想爱尔兰是人人写作、绘画的童话之地，却失望地发现此处人们的生活与罗马尼亚并无太大区别，亦是"睡觉、工作和吃饭"⑤；而安杰伊的幻灭则更发生于象征层面，他根本未能走进神往已久的纽格兰奇古墓，而是在庸俗

---

① Meade, Paul. *Mushroom*, p. 291.
② Ibid., p. 296.
③ Ibid., p. 294.
④ Ibid., p. 265.
⑤ Ibid., p. 286.

化的旅游程式中进入它的仿建品，在"电线、人造灯光和机械把戏"①中错过他所梦想能带来跨越文化和时空鸿沟的古老冬至之光。

但这座小岛也绝非仅仅意味着幻灭。爱尔兰的经验仍旧赋予了他们中的一些人梦寐以求的自由，并启蒙了另一些人从未有过的视野。十分典型地，玛丽亚在此地摆脱了东欧家庭对女性生活轨迹的束缚，她在视频电话里拒绝母亲的规劝，"我是在旅行，而不是在给自己找一个丈夫"②。而在她的影响下，伊娃也即将结束自己"只会通过丈夫的视角观看自己生活"的人生③，迎来成长的契机。

最有挑战性意义的是，这些一无所有的"他者"并非对爱尔兰的一切照单全收，他们以旁观者的目光点评爱尔兰人奢侈的生活享受、糟糕的食物和不修边幅的外表；玛丽亚也是富有象征意味的形象，她拒绝了蘑菇农场的爱尔兰工头肖恩（Sean）的求爱，因为这位男子的粗俗气质与她的艺术品位相去甚远。剧作家在此处打破了同时代爱尔兰戏剧中以爱情或婚姻为文化融合象征的惯例——文化差异依旧存在，且

---

① Meade, Paul. *Mushroom*, p. 294.

② Ibid., p. 273.

③ Ibid., p. 285.

并不能够被浪漫关系轻易抹除，在社会生活中处于沉默之境的外来者并非毫无自主性的被吸纳者，他们亦有自己的判断和价值。在幽默反讽的风格中，本土爱尔兰人习以为常的优势视角被撕开一道裂缝。《星期日时报》（*The Sunday Times*）剧评称《蘑菇》"提供了一个新鲜的视角，其中混合了怜悯与幽默"[①]，这种奇异而充满人文关怀的视角部分来自剧作家自身经验中所浓缩的爱尔兰移民变迁史——他本身是美国的爱尔兰移民后代，年少时举家回迁小岛——由背井离乡的历史走向迎接他者的转折中，同时蕴含着巨大的戏剧性和同理心。

◿ *04*
文化间时刻:《板棍球》、《俄耳甫斯之路》、《很久以前·不久之前》和《曾经》

　　卡吕普索剧社的另一位创始人查理·奥尼尔的剧作《板

---

① *The Sunday Times*, http://liamhalligan.ie/reviews—directing-work.html, accessed January 9th 2023.

棍球》(*Hurl*, 2003) 亦有呈现外来者所背负的沉重苦难, 并批评本国严苛的移民政策, 但这部作品最为独到之处, 是它在狂欢式的身体表演中、在体育和戏剧的杂糅中, 开始了一项比《蘑菇》的白描更为棘手的探讨, 亦即一项关于"抵达之后"的困难思考——外来者到底能否"融入"爱尔兰? 他们究竟给爱尔兰带来怎样的影响? 他们如何改变爱尔兰社会对"自我"或"爱尔兰身份"的认知?

自幼成长于巡回演出杂耍团的奥尼尔显然对杂糅和狂欢、边缘与中心的命题有天然的敏锐感受。他笔下的这支板棍球队是"五颜六色的团伙"(a motley crew) [1]。成员有在"大篷车旅馆" [2] 般的安置中心等待避难申请的塞拉利昂人、古巴人、波黑人, 也有始终无法取得祖国国籍的爱尔兰裔阿根廷人, 有越南船民后代, 有受基督教兄弟会教养长大的尼日利亚人, 还有从泥沼地被拆迁至都柏林贫民区的本地青年。这支杂色的队伍在一位因酗酒而失去教职的天主教前牧师带领下, 从戈尔韦郡西部名不见经传的小镇"自由镇"(Freetown) 一路过关斩将, 最终摘得郡际板棍球俱乐部锦标

---

[1]　O'Neill, Charlie. *Hurl* (2003), in McIvor and Spangler, eds., *Staging Intercultural Ireland: New Plays and Practitioner Perspectives*, p. 99.

[2]　Ibid., p. 91.

赛冠军。

如果了解板棍球在爱尔兰的象征意义，那么这支被剧中媒体描述为"非洲人、东欧人、亚洲人、拉美人，再塞进几个本地人"组成的"异域之队"① 得以代表小镇并问鼎省赛，便足称一次颇具文化冲击力的事件。板棍球在小岛已流行数个世纪，并在 20 世纪之交被盖尔运动协会（Gaelic Athletic Association）大力扶持，作为具有"纯粹性"的三大传统盖尔体育运动之一，被赋予"巩固我们的爱尔兰身份"的期待②。在组织与象征的双重意义上，它都与爱尔兰民族解放运动紧密相连，是民族主义激情的标记物之一。由此不难理解剧中小镇盖尔运动俱乐部主席对球队的拒斥，这位领地意识极强的保守派惊呼："他们怎能代表俱乐部参加我们自己的、本土的体育项目，他们队伍里几乎没有一个巴弟！"③ 当他发表更具侮辱性的评论，称这支队伍"血管里流的是红色柴油，吃薯片时蘸的是咖喱，充其量不过是个可笑的马戏团"④，则

---

① O'Neill, Charlie. *Hurl*, p. 111.
② Gaelic Athletic Association, *Gaelic Athletic Association Official Guide*, Part I, Dublin: GAA Central Council, 2018, p. 4.
③ O'Neill, Charlie. *Hurl*, p. 107.
④ Ibid., p. 103.

是具体而微地体现了当时爱尔兰社会中暗流汹涌的排外情绪。在官方文件中，爱尔兰人权与公平委员会承认本国的"极右翼言论与种族主义仇恨事件数量正在逐年上升"[①]；在社会学学者的研究中，21 世纪初的爱尔兰人中不乏相当数量"将外来移民视作对国族身份的威胁"者[②]。这支处境尴尬的球队的成长历程，正是冲破种族主义偏见、重新定位一种运动，也重新想象它背后的身份认同的过程。《板棍球》中，这支"异域之队"的征程在至少两种意义上丰富了"爱尔兰"的含义。

其一，他们为原本以"暴力和死亡"[③]为魅力的板棍球运动增加了轻快、灵巧，甚至诗意的维度，令这项富含象征意义的古老运动在丰盈的生命力中重被建构。球队经理、前天主教牧师洛夫迪（Lofty）深知自己的队员与从小奔突于全国两千余个球场的爱尔兰青年不一样，这些漂泊者"没有强健体力打'硬核球'，没有传统技术打'紧追球'，也没有历

① Irish Human Rights and Equality Commission, *Developing a National Action Plan Against Racism*, Dublin: IHREC, 2021, p. 69.

② Piola, Catherine. "The Reform of Irish Citizenship", in *Nordic Irish Studies*, 2006, vol. 5(1), p. 54.

③ Brady, Sara. "Introduction to Charlie O'Neill's *Hurl*", in McIvor and Spangler, eds., *Staging Intercultural Ireland: New Plays and Practitioner Perspectives*, p. 85.

史积淀来打'爱国球'"①。但他们拥有来自非洲草原"瞪羚"一般的迅猛速度，拥有来自亚洲武术的灵活机巧，拥有来自都柏林贫民区的机智敏捷，并愿意在彼此的信任和默契中"迎向恐惧，与疑虑交谈，与软弱共舞"②。他们不曾打破板棍球的古老规则，却为它注入陌生而积极的元素。如果说板棍球传统上重蛮力而轻技巧的声名曾为民族解放者树立起勇武的标记，也曾为爱尔兰的刻板印象画下"野蛮"③的一笔，那么这支"异域之队"为它增添了此前所不知晓的"诗意"和"韵律"④之维度。这是文化之间发生接触、互动和改变的时刻，是一个典型的"文化间"时刻，一个"鼓励对话、彼此好奇而且互相融入"⑤的时刻。

其二，球队从边缘到中心的征程潜移默化地唤醒了本土居民对自我、他者，乃至爱尔兰认同的再思考。这支奇异的队伍最初"激起了几个当地人的好奇心，打开了几场对话"⑥，

---

① O'Neill, Charlie. *Hurl*, pp. 102–103.

② Ibid., p. 104, p. 122, p. 125, p. 124.

③ Ibid., p. 93.

④ Ibid., p. 103.

⑤ Titley, Gavan, Aphra Kerr, and Rebecca King O'Rian, *Broadcasting in the New Ireland*: *Mapping and Envisioning Cultural Diversity*, p. 38.

⑥ O'Neill, Charlie. *Hurl*, p. 94.

随后整个小镇"慢慢开始接受这个疯狂的主意——这群
肤色各异、口音混杂的家伙竟能够代表他们出征"①，小
镇居民甚至将球队命名为"自由镇刀客队"(Freetown
Slashers）——一个丝毫不论及肤色、闪烁着小小共同体光芒
的名字。这一改变的发生并非轻而易举，它颠覆了这个地处
西部的保守社群对自身、对他者的习惯性认知。在一个颇具
喜剧性的片段里，观赛的本地男子与陌生黑人搭话，他称赞
"你们队"技艺出众，却被对方提醒，"自由镇刀客？那是你
们队啊。"② 以肤色为标记的共同体被打破和重组了，这喜剧
性的时刻浓缩了学者克尼（Richard Kearney）所断言的、爱
尔兰正在进入的"后民族主义时代"：如果说自由镇在超越
肤色的团结中护送他们的球队一步步走向更远，而这支杂色
的球队最终为此前名不见经传的小镇赢回了郡际锦标赛的冠
军，那么这个故事似乎喻示着"一个民族可能会因为与种族
脱钩而更富力量，并且因此找到比集中式的民族国家更加合
宜的表达形式"③。

---

① O'Neill, Charlie. *Hurl*, p. 107.

② Ibid., p. 110.

③ Kearney, Richard. *Postnationalist Ireland: Politics, Literature, Philosophy*,
London: Routledge, 1997, p. 58.

　　剧中的一场场比赛从掺杂着种族主义黑哨、扬此抑彼的争夺，逐渐变成了基于平等和尊重的、体育与艺术的糅合体。决赛终了，洛夫迪由衷地赞扬从对手和己方身上所体会到的竞技文化之美，他一方面感叹那支传统白人强队所凝聚的本土历史，"那是我们数百年来在被雨露浸湿，或被骄阳炙干的草地上挥洒激情所学会的精华"；一方面感叹自己所率领的这支异域之队所代表的杂糅新意，"这是我们勇敢地摘取差异所允诺的无限可能"①。《板棍球》所呈现的正是"无限可能"中的种种意象：一种曾被民族主义信奉者竭力保护、免受外界影响的纯粹盖尔运动完美地吸收来自异域的种种元素；来自遥远大陆的球员在赛前手抚胸口以爱尔兰语轻唱国歌；爱尔兰观众放下疑虑为代表家乡的杂糅之队呐喊助威。剧中的移民并不仅是过往历史的受害者，也不仅是爱尔兰人怀着担忧和疑虑凝视的闯入者，他们与当地社群发生着切实的交汇，并为这个小小的国度带来了改变。传统运动并未因为他们的参与而失去原本的面貌，而是拥有了愈发丰富的内涵，那么它所象征的民族性也因此正被更新和拓宽。一种跨越文化界

---

① O'Neill, Charlie. *Hurl*, p. 127.

限的亲密无间的交融正在发生，而这种融合中必然诞生一种
充满现代性的新意，那正是剧作家所预见的文化间爱尔兰的
崭新景象。

　　与前述书写与他者相遇、想象移民经验的本土白人剧作
家相比，厄休拉·拉尼·萨尔马代表了来源、族裔、地缘和
创作主题都更加多元而甚难分类的创作者。她出生于加拿大
的一个爱尔兰—印度家庭，幼年时举家回到爱尔兰，并在这
里开始了戏剧创作生涯，钟爱探索爱尔兰青少年、性别等议
题。她的剧作《俄耳甫斯之路》（*Orpheus Road*, 2003）将这
种身份的复杂性和自我定位的模糊性放入了一个罗密欧与朱
丽叶式的少年爱情悲剧中，从文化间处境中的外来者视角反
观爱尔兰社会习以为常的宗教和派系对抗话语。十六岁的男
孩芬恩（Finn）来自北爱尔兰一个激进的共和派天主教家庭，
自幼被父亲强行灌输二元对立的仇恨教育，并因此深感痛苦，
陷入严重的精神危机。他与同岁的爱尔兰—南非混血女孩埃
玛（Emma）相遇于一次恐怖袭击的现场——芬恩所在的天
主教圣玛丽中学和埃玛所在的新教皇家中学恰巧都在某座美
术馆参观，而这座放满英国艺术作品的展馆被联合派激进分
子误炸，死伤逾百。这对少年在断壁残垣中一见钟情，并从
此成为秘密恋人，直至三年后芬恩终被卷入派系仇杀，并在

私奔前夕自杀于两人经常幽会的桥底河畔。

令《俄耳甫斯之路》超越恋爱悲剧的是北爱尔兰冲突的背景，而令该剧超越众多以北爱冲突为背景的作品的，则是人物埃玛的混合族裔身份。埃玛虽然就读于新教学校，但她并非新教徒或联合派支持者——她的爱尔兰父亲早已远走英国杳无音信，而她随南非母亲生活于贝尔法斯特，纯粹是因为母亲在此地谋得工作——她们实为族裔成分混杂的经济移民家庭。她们既无宗教信仰，也并不关心北爱甚嚣尘上的政治纷争。埃玛的背景固然是这对恋人遭遇不幸的原因之一——芬恩的极端主义者父亲不能允许儿子与非共和派的姑娘恋爱——更为这起悲剧，以及悲剧背后北爱尔兰根深蒂固的社会撕裂和暴力冲突，提供了具有超越性的批评视角。

作为外来者的埃玛缺乏北爱本土居民所拥有的各种"常识"，她不知芬恩的名字取自爱尔兰神话中的战斗英雄芬恩·麦克库尔（Fionn MacChumhail），也不知英式足球与盖尔足球在本地的区别与禁忌。她的"无知"对建构于对立与战斗之上的北爱尔兰主流经验提出了质疑：在与芬恩交换关于天主教徒和新教徒的恶毒笑话、讲述教派仇杀下儿童无辜死亡的故事之后，埃玛控诉道，"我不明白这一切都是为了什么"，并直对身陷其中的芬恩提问，"你难道真的在乎？"① 她引用母亲的话，"她说南非才是世界上伤痕最重的国家，她说与南非相比，爱尔兰的历史就好像公园里的一次漫步"②，从而引入另一种认识主体，挑战爱尔兰社会中广泛存在的受害者叙事，即被历史学家利亚姆·肯尼迪称为"历史上遭受压迫最为深重的国家"③ 之心态，而这种心态正是绵延不绝的仇恨、报复和互害的根基之一。

　　作为半个外国人的埃玛无疑处于北爱尔兰社会的边缘，然而当这位边缘的少女质疑盛行于居住地社会的主流叙事和撕裂价值，发出"究竟为何""又将如何"的疑问，她与北爱少年芬恩之间跨族裔的爱情便成为了学者诺维尔斯（Ric Knowles）所谓"政治化的场地"④ 中所发生的事件。这对恋人的不幸诚然在于生活在冲突泛滥的北爱尔兰而成为其牺牲品，但他们的不幸在舞台上被叙述和审视时，不仅被动地被裹挟入长久以来定义着北爱生活经验的宗教、派系和宿仇

---

① Sarma, Ursula Rani. *Orpheus Road* (2003), in McIvor and Spangler, eds., *Staging Intercultural Ireland: New Plays and Practitioner Perspectives*, p. 140.

② Ibid., p. 139.

③ Kennedy, Liam. *Unhappy the Land: The Most Oppressed People Ever, the Irish?*, p. 11.

④ Knowles, Ric. *Theatre and Interculturalism*, p. 59.

等叙事，更成为检验其存续的合理性、重新构建价值的突破口。富有反讽性和颠覆意义的是，自 20 世纪 90 年代以来，包括北爱在内的爱尔兰社会正经历着对外来者作为威胁的恐惧，人们担心"在宗教、政治和语言等爱尔兰社会久已有之的分裂场域之外又加上新的种族之分，恐会令这个国度更加割裂"①；而《俄耳甫斯之路》借罗密欧与朱丽叶母题的温情外壳，讲述了一个与这种恐惧不同的故事，在这个故事中，外来者并不加重割裂，反而以超脱传统叙事的方式质疑割裂，以纯粹的人性情感启迪融合与和解。

来自尼日利亚的比西·阿迪贡是移民剧作家中声名最盛者之一。他创办了爱尔兰第一个非洲剧团阿兰贝剧社，而在剧作《很久以前·不久之前》(*Once Upon a Time & Not So Long Ago*, 2006)中，剧作家借虚构的导演之口清晰地表述了剧团的宗旨："阿兰贝剧社的创立，一是为了向爱尔兰观众介绍非洲戏剧传统；一是为了开辟一条途径，让爱尔兰的非洲人能通过戏剧艺术表达自我。"②的确，阿兰贝剧团以非洲

① White, Eva Roa. "'Who is Irish?': Roddy Doyle's hyphenated identities", in Pilar Villar-Argáiz ed., *Literary Visions of Multicultural Ireland: The Immigrant in Contemporary Irish Literature*, p. 99.

② Adigun, Bisi. *Once Upon a Time & Not So Long Ago* (2006), in McIvor and Spangler, eds., *Staging Intercultural Ireland: New Plays and Practitioner Perspectives*, p. 218.

演员和非洲视角重新诠释了数部爱尔兰经典，如辛格的《西方世界的花花公子》和吉米·墨菲的《基尔伯恩高路的国王们》，为爱尔兰青年的逃亡、爱尔兰人苦难的离散经验拓宽了背景，勾勒出了非洲流散史与之共情的跨文化景观。而被评论家斯潘格勒（Matthew Spangler）称为"爱尔兰文化间剧场重要经典"[1] 的原创剧作《很久以前·不久之前》则更加典型地实践了剧团宗旨，它不仅在形式上采用了爱尔兰舞台上少见的非洲"整体戏剧"（total theatre）风格——演员亦歌亦舞，表演中始终贯穿非洲音乐、吟唱和形体舞蹈等仪式性元素；在情节上化用了非洲"月光故事"（moonlight stories）传统[2]——每一幕由数个独立的短剧连缀而成，并由叙事者在末尾点评寓意；更加根本的是，剧作将对非洲民间故事和戏剧传统的追缅与非洲移民在爱尔兰的尴尬处境巧妙地并置和衔接起来，温和但富有启迪性地提出了与种族、流散、歧视

---

[1]　Spangler, Matthew. "Introduction to Bisi Adigun's *Once Upon a Time & Not So Long Ago*", in McIvor and Spangler, eds., *Staging Intercultural Ireland: New Plays and Practitioner Perspectives*, p. 199.

[2]　"整体戏剧"和"月光故事"的表述出自 Peter Crawley 对 Bisi Adigun 的一次访谈。Peter Crawley, "Getting Back to Ritual", in *The Irish Times,* 2006 May 18th, https://www.irishtimes.com/culture/getting-back-to-ritual-1.1004665, accessed January 19th 2023.

等相关的种种问题——剧作家这样解释自己的用意："一个国家越是多元，它的剧场和其他艺术形式越是应该反映这种多元性。"①

如标题所示，剧作分为两幕，第一幕名为"很久以前"，由五场五个传统故事集锦而成。它们布景于对爱尔兰本土观众而言陌生新奇、对非洲移民观众而言怀旧亲切的非洲村庄、丛林、宫廷和战场，其中的人物与番薯、渔网、布匹等非生物皆能交谈，演绎着关于正义、智慧、忠诚、信仰一类古老话题的寓言或传说，每一场结尾皆有叙事者亦庄亦谐的点评，带有"轻快、幽默和怀旧"②的浓厚风味。这一幕中最具悲剧史诗意味的第五场结束时，古城王后莫莱米向河神立约，献祭自己的儿子而换得护城战争胜利，舞台上却突然出现一系列西方元素，它们鲁莽地打断叙事节奏——喧嚣的摇滚乐响起，身着西装的男子携手提箱上台，向演员分发西式服饰、手表、手机、墨镜、镜子等物品，并将一台巨型电视机推上舞台。电视机中播放的是非洲人所熟悉的丛林景观，但这种

---

① 见 Peter Crawley, "Getting Back to Ritual", in *The Irish Times,* 2006 May 18th, https://www.irishtimes.com/culture/getting-back-to-ritual-1.1004665, accessed January 19th 2023。

② Spangler, Matthew. "Introduction to Bisi Adigun's *Once Upon a Time & Not So Long Ago*", pp. 198–199.

摩登的介质吸引了台上所有人的目光。叙事者的声音就此失去倾听者，或者在隐喻意义上，传统的非洲生活和价值观在西方的冲击中迅速支离破碎。

名为"不久之前"的第二幕便开始于这一片喧嚣或占领中。电视机里播放跨国航班广告，舞台背景中黑肤人排着长队，等待移民官在手中文件上盖章。第一幕的非洲传统生活就此急转来到当下的爱尔兰，八场共七个故事组成非洲移民生活片段集锦，素材全部来自剧作家所访谈到的移民真实经历。阿迪贡曾对爱尔兰剧场中对黑人的矮化表达过愤怒，他"已厌倦黑人角色总是妓女、奴隶、仆从或疯子"①，而"不久之前"的确超越了这些刻板印象，开始以非洲移民自己的视角呈现他们作为普通人的生活。人物包括四处试镜的演员、时髦商店里的顾客、药房的收银员、餐厅里的约会男女、飞机上的乘客，以及混血婴儿的父亲。他们经历着自我认同的困惑和敏感，经历着种族主义者的歧视和更多人的善意；他们遭遇和适应着与本土爱尔兰人、与其他移民之间大大小小

---

① Mac Cormaic, Ruadhán. "Signs of new vitality in how film and drama treat immigrants", in *The Irish Times*, May 23rd, 2007. https://www.irishtimes.com/news/signs-of-new-vitality-in-how-film-and-drama-treat-immigrants-1.1207092, accessed January 20th 2022.

的文化冲突，其中有些甚至致命。饶有趣味的是，在这些当代奇谭的舞台呈现之外，第一幕的叙事者依然存在，她化身虚构的剧社黑人导演，与爱尔兰的电视节目主持人一同点评每一场故事。这是非洲视角与爱尔兰视角交叉的时刻，也是两种主体性并列和对话的时刻。

　　阿迪贡素来希望他的观众席上爱尔兰人与非洲移民各占一半，希望他的舞台能唤起广义的舆论讨论①。轻快的节奏、丰富的内容和交汇的视角无疑使《很久以前·不久之前》成为能担此使命的文化间戏剧作品。它以非洲戏剧风格呈现"很久以前"的非洲故事，满足文化间好奇；又以真实素材呈现非洲移民在新国度的微妙处境。一种缺失已久的非洲主体的声音在爱尔兰的舞台上终被听见，而"相遇"另一端的本土爱尔兰人也被邀请进入文化间的旅行与反思。剧作家还曾谈及一个宏愿，"我还未曾见过一部这样的爱尔兰戏剧作品，那其中的黑人演员登台表演的角色与他/她的肤色全无关系"②。《很久以前·不久之前》尚未达到此种文化间社会的

---

① 见 Crawley, Peter. "Getting Back to Ritual", in *The Irish Times,* 2006 May 18th, https://www.irishtimes.com/culture/getting-back-to-ritual-1.1004665。

② 转引自 Villar-Argáiz, Pillar "Introduction: the Immigrant in Contemporary Irish Literature", p. 14。

自洽境界——剧中人物皆有强烈的"外来者"自觉，且身份困惑往往正是戏剧冲突题眼——但它作为非洲移民自我发声之作，无疑可被标记为通向理想终点路途中的重要一站。

及至 21 世纪第二个 10 年，"凯尔特之虎"经济腾飞时代黯然落幕，它的背影向繁荣时代涌入小岛的外来者，也向久居于此的本土爱尔兰人展露了沉郁的面目。但对于一个远未稳固的多文化社会，这一跌宕时刻也正是边缘与中心的多种力量碰撞和重组的时刻，是社会由主次分明的"多元"向真正互嵌的"文化间"结构演进的时刻。恩达·沃尔什的音乐剧《曾经》（*Once*, 2012）便刻画了这一变动时钟下外来移民与本土居民的相遇，并展现了此时的相遇和交融所能造就的文化重构力量。这部作品不仅上演于爱尔兰，而且在纽约百老汇和伦敦西区驻演数年，并捧得包括最佳音乐剧奖和最佳音乐剧剧本奖在内的 2012 年托尼奖八个奖项，将爱尔兰的文化间景观呈现于更广阔的世界眼前。

《曾经》讲述了都柏林青年"男子"（Guy）与捷克移民"女孩"（Girl）共同追求梦想，最终完成一张"奇迹般甜蜜"①的音乐专辑的故事。两人初识时，男子正陷于其时萧条衰败的

① Walsh, Enda. *Once*, New York: Theatre Communications Group, 2012, p. 55.

经济环境下爱尔兰青年的普遍处境，"没有工作，没有未来"①，在格拉芙顿街头卖唱度日。这种处境在爱尔兰语境下如梦魇般熟悉，它正是"凯尔特之虎"时期之前岛国常处的贫穷阴霾。在这部"后凯尔特之虎"时代的作品中，外来移民开始扮演这种梦魇的驱魔人：自称"严肃的捷克人"②的"女孩"将都柏林青年从苦闷无望中拯救出来，而两人共同踏上的寻梦之旅，则在隐喻意义上铺开了文化间社会走出阴霾的希望。

剧作对"女孩"移民经验的刻画是近乎自然主义的：她与其他移民群租于都柏林 15 区的破旧住宅，虽有一身音乐才华，却只能找到保姆一类的体力工作，艰难养活随她生活的幼小女儿。正是这样一位在刻板印象中困囿于底层生活本身的外国女性，却在剧中展现出蓬勃的生命力和无私的友谊精神。经济移民的视角让她眼中的爱尔兰与本地青年眼中萧瑟无望的国度截然不同，她能看见"都柏林经历过一百万次心碎，但它从未停止前行"③；也与本地青年陷入历史周期律般的悲观倦怠不同，她总是展现出新移民筚路蓝缕的精神和行动力。在乐观的外来者与低落的本地人的相遇中，产生了一个富有"文化间"特点

---

① Walsh, Enda. *Once*, p. 22.

② Ibid., p. 11.

③ Ibid., p. 60.

的奇迹：落魄的爱尔兰艺术家受到外来者的鼓励决意追寻梦想，不再把时光和才华浪费于虚无的悲观；而陌生的外来者在组建乐队、筹集资金等一系列行动中深度地融入爱尔兰社会，收获了跨文化的友谊和与本地人共进的未来。

"女孩"与男子共赴的音乐之旅，构成了"后凯尔特之虎"时代文化间社会构建过程的贴切比喻。"女孩"视这场冒险为推进爱尔兰文化在晦暗时代中再焕光芒的努力，在为录制专辑争取贷款时，她对银行经理说："如此小小的一座岛屿，却孕育了灿若星河的作家、诗人和音乐家！……叶芝、斯威夫特、王尔德、贝克特、乔伊斯、凡·莫里森、恩雅，还有为世界带去《大河之舞》的杰出舞者们！还有像你一样的人们，为爱尔兰文化投资的人们也造就了爱尔兰文化，先生！你有责任向世界展示爱尔兰依然屹立于此，爱尔兰依然开放待兴！"[1]此时的移民"女孩"已从边缘之境进入中心，她冲破了此时弥漫于爱尔兰社会的敌意想象——她根本不是所谓"偷走爱尔兰人的工作、夺走爱尔兰工人和毕业生的机会、霸占商业、吸走利润"[2]的窃贼，而是爱尔兰文化在困境

---

[1]　Walsh, Enda. *Once*, p. 36.

[2]　Brannigan, John. *Race in Modern Irish Literature and Culture*, Edinburgh: Edinburgh University Press, 2009, p. 153.

中的坚持者和推动者。录制专辑的过程同样富有象征性，来自东欧各国和爱尔兰各地的乐手们由最初的不谐和碰撞，经过互相理解和妥协，终能默契合作，将各异的音乐传统调谐于一张原创专辑——这个过程与文化间社会的形成何其相似。

当曾将目光投向流散于英国的爱尔兰人并写出《沃尔沃思闹剧》的剧作家沃尔什将目光移回"凯尔特之虎"落幕之际的祖国，当这部具有世界影响力的音乐剧以一个跨种族乐队的文化产品生产隐喻文化间爱尔兰的形成，当其中的移民角色不再充当背景板、受害者或被矮化者，当她们面临的前途不再是被优势的本地人物拯救、同化，或在不平等的浪漫关系中被抹去差异，而是以自身独具的文化特质投入与爱尔兰人的交往，融入新的文化产品或景观的生产，甚至为萧条阻滞的"后凯尔特之虎"时代带去生机和希望——剧场中的文化间爱尔兰已经悄然迈进一个新的境界：边缘与中心的界限逐渐消弭，不同主体的平等共进中萌发出单一文化所难孕育的新意。这种新意不仅意味着外来者加入了更具多元色彩的认同，也不仅意味着爱尔兰想象在继续更新和拓宽，更意味着这个渐具混杂性质的古老国度开始因此迸发出更强韧的生命力。

结　语

　　倘若能从沃尔什笔下的都柏林街头回望 20 世纪中叶弗里尔的巴里贝格村庄或者墨菲的考文特地下世界,会令人深刻地意识到"移民"的主题在半个世纪的爱尔兰舞台上发生了多么曲折而鲜明的演变。它曾过久地被掩盖于殖民受害的流放修辞中,仿佛许多个世纪中背井离乡的爱尔兰人皆是英国战斧劈开的伤口流出的鲜血;它也曾过久地笼罩于对祖国不忠的负疚叙事里,以至于舞台上的离家者常常不得不在长者或牧师一类人物的诘问下苍白自辩。

　　20 世纪 60 年代的剧场以反叛者的勇气将这些背阴处的人物推向舞台中央,虔心的修道者、绝望的青年、渴求丰满精神的创造者等角色终于开始以个人化的角度诉说自己背向岛屿启航的原因和决心。爱尔兰的剧场不再避讳失望、愤怒等向内的情绪,它呈现人物诀离幽闭之地的爆发性瞬间,诀离的决定中凝结了对后殖民时代平庸社会的多维度批评。

　　出走的瞬间在此后的剧场中延长为流散境遇的长镜。这并非一个自然的延续,如果考虑到爱尔兰历史上对流散本身的否定，或在本质主义想象中对国土之外儿女的弃绝。当异国工棚、学校、球场、精神病院中的——曾经囿于康尼马拉农舍厨房的戏剧想象力竟能到达万花筒一般的角落地方——爱尔兰流散者的经验进入本岛戏剧家的视野，爱尔兰的流散群体也开始在拓宽和更新的方向上进入了小岛对自己想象。这些拥有了跨国经验的爱尔兰人以恰当的距离和多重的视野打量故乡，发现爱尔兰经验中的许多部分，例如宗教对立、派系纷争，并非小岛一直以为的那样理所应当；他们也打量自己在海岛和异国之间的衔接之地所获得的自由，甚至压迫他人的可怕权力，于是爱尔兰身份叙事中的服从、受害等标签开始悄然拆解甚至颠覆。

及至流散者重归故土，爱尔兰的舞台甚少放纵团圆的喜悦或乡愁的满足，剧作家们的趣味似乎更在于这一具有地域、文化和时间张力的时刻所蕴含的巨大悲剧性。人物或主动献祭，或遭遇拒斥甚至谋杀，或陷入困惑与疯癫。他们无法返回记忆或乡愁中理想化的故乡，而是在双重边缘化的境地中与这片土地发生剧烈的冲撞。归巢者身上令他们在家乡陷入流放之境的杂糅特点，正是海外经验与爱尔兰之根的罅隙中所生发的。剧场记录着这些跨文化特质跟随移民反向的旅行，记录它们在已非故乡的故乡掀起的风波、遭遇的抵抗和播种的新芽。回归的旅途并不仅仅是流散的反面或终结，而是其延续和变体；在后殖民和后民族主义时代，这是一场充满冲突、协商，并不断生发出更新意义的旅程。

而当人口流动之潮在"凯尔特之虎"的巨翼下发生突然的转向，当小岛几乎一夜之间开始迎接陌生肤色、语言和信仰的抵达者，本土剧作家、外来剧作家和跨族裔剧作家纷纷突破认知的局限和情感的隔阂，将移民背负苦难的抵达、他们在边缘沉默的生存，以及坎坷却饱含希望的主流化过程呈现于舞台。当外来者角色与本土爱尔兰人物，也与怀着好奇、偏见或善意的观众发生直接或间接的对话；当爱尔兰人离乡背井的创伤记忆在与移民的相遇中复苏并得到疗愈；当过久迷信自身为单一文化传统的小岛在舞台上被发掘出埋藏甚久的外来者接纳史，这个国度真正开始凝视自己斑斓的景象，而这种凝视中酝酿着对爱尔兰丰富肌理的再认识、对认同疆界的重新定位，以及对文化间现实的拥抱。

出走者、流散者、回归者和抵达者个体情感的激荡与苦痛、失落和涤净背后，爱尔兰作为一项永不完成的建构之轮廓渐渐明晰。那些相信自我和社群身份乃是基于地理、神话和苦难等必然之物者猛然发现，这些"本质特征"不再安全地存在于某种确定边界之内；它们内部存在千百个裂隙和碎片，并在历史的作用力下由固态趋向流动；它们的未来似乎不再是一片注定了终点的绚烂薄雾，而蕴含着开放的变动和不定的方向。爱尔兰本身的含义、轮廓和定位，也在文化的间隙中缓慢拓开，迎向以往世纪中从未见识或审视的新的疆界。

参考文献

一、剧本

[1] Adigun, Bisi. *Once Upon a Time & Not So Long Ago* (2006), in McIvor and Spangler, eds., *Staging Intercultural Ireland: New Plays and Practitioner Perspectives*, Cork: Cork University Press, 2014, pp. 202–244.

[2] Barry, Sebastian. *White Woman Street*, in *Three Plays by Sebastian Barry*, London: Methuen Drama, 1996, pp. 135–181.

[3] Bolger, Dermot. *In High Germany*, in *Dermot Bolger Plays: 1*, London: Methuen Drama, 2000, pp. 69–100.

[4] Bolger, Dermot. *The Lament for Arthur Cleary*, in *Dermot Bolger Plays: 1*, London: Methuen Drama, 2000, pp. 1–68.

[5] Devlin, Anne. *After Easter*, London: Faber and Faber, 1996.

[6] Donnelly, Neil. *The Duty Master*, in Fitz-Simon, Christopher and Sanford Sternlicht, eds., *New Plays from the Abbey Theatre 1993–1995*, Syracuse: Syracuse University Press, 1996, pp. 175–246.

[7] Donoghue, Emma. *Ladies and Gentlemen*, in *Emma Donoghue: Selected Plays*, London: Oberon Books, 2015, pp. 205–312.

[8] Friel, Brian. *Faith Healer*, in *Brian Friel: Plays 1*, London: Faber and Faber, 1996, pp. 327–376.

[9] Friel, Brian. *Philadelphia, Here I Come!*, in *Brian Friel: Plays 1*, London: Faber and Faber, 1996, pp. 23–100.

[10] Friel, Brian. *The Enemy Within*, Loughcrew: The Gallery Press, 1992.

[11] Friel, Brian. *The Loves of Cass McGuire*, Loughcrew: The Gallery Press, 1992.

[12] Hughes, Declan. *Shiver*, London: Methuen Drama, 2003.

[13] Jones, Marie. *A Night in November*, in *Stones in His Pockets & A Night in November: Two Plays*, London: Nick Hern Books, 2000, pp. 49–85.

[14] Jones, Marie. *Stones in His Pockets*, in *Stones in His Pockets & A Night in November: Two Plays*, London: Nick Hern Books, 2001, pp. 4–47.

[15] Keane, John B. *Hut 42*, Dixton: Proscenium Press, 1968.

[16] Keane, John. B. *The Field*, Cork: Mercier Press, 1991.

[17] Kilroy, Thomas. *Double Cross*, London: Faber and Faber, 1986.

[18] Leonard, Hugh. *Da*, in *Selected Plays: Hugh Leonard*, Gerrards Cross: Colin Smythe, 1992, pp. 165–232.

[19] McCartney, Nicola. *Cave Dwellers* (2001). in McIvor and Spangler, eds., *Staging Intercultural Ireland: New Plays and Practitioner Perspectives*, pp. 33–84.

[20] McDonagh, Martin. *The Beauty Queen of Leenane*, in *Martin McDonagh Plays: 1*, London: Methuen Drama, 1999, pp. 1–60.

[21] Meade, Paul. *Mushroom*. in McIvor and Spangler, eds., *Staging Intercultural Ireland: New Plays and Practitioner Perspectives*, pp. 249–299.

[22] Molloy, M. J. *The Wood of the Whispering*, in *Selected Plays of M. J. Molloy*, Gerrards Cross, Buckinghamshire: Colin Smythe Limited, Washington, D. C.: The Catholic University of America Press, 1998,

pp. 109–177.

[23] Murphy, Jimmy. *The Kings of the Kilburn High Road*, in *Jimmy Murphy: Two Plays*, London: Oberon Books, 2001, pp. 1–66.

[24] Murphy, Tom. *A Crucial Week in the Life of a Grocer's Assistant*, in *Tom Murphy Plays: 4*, London: Methuen Drama, 1997, pp. 89–164.

[25] Murphy, Tom. *A Whistle in the Dark*, in *Tom Murphy Plays: 4*, pp. 1–88.

[26] Murphy, Tom. *Conversations on a Homecoming*, in *Tom Murphy Plays: 2*, London: Methuen Publishing, 2005, pp. 1–88.

[27] Murphy, Tom. *Famine*, in *Tom Murphy Plays: 1*, London: Methuen Drama, 1997, pp. 1–90.

[28] Murphy, Tom. *The Wake*, in *Tom Murphy Plays: 5*, London: Methuen Drama, 2006, pp. 75–180.

[29] O'Kelly, Donal. *Asylum! Asylum!*, in Fits-Simon, Christopher and Sanford Sternlicht, eds., *New Plays from the Abbey Theatre 1993–1995*, Syracuse: Syracuse University Press, 1996, pp. 113–172.

[30] O'Kelly, Donal. *The Cambria*. in McIvor and Spangler, eds., *Staging Intercultural Ireland: New Plays and Practitioner Perspectives*, pp. 158–196.

[31] O'Neill, Charlie. *Hurl* (2003), in McIvor and Spangler, eds., *Staging Intercultural Ireland: New Plays and Practitioner Perspectives*, pp. 88–128.

[32] Sarma, Ursula Rani. *Orpheus Road* (2003), in McIvor and Spangler, eds., *Staging Intercultural Ireland: New Plays and Practitioner Perspectives*, pp. 133–153.

[33] Walsh, Enda. *Once*, New York: Theatre Communications Group, 2012.

[34] Walsh, Enda. *The Walworth Farce*, in *Enda Walsh Plays: Two*,

London: Oberon Books, 2011, pp. 9–86.

二、著作或文集

[1] Bhabha, Homi K. *The Location of Culture*. London and New York: Routledge, 2004.

[2] Brannigan, John. *Race in Modern Irish Literature and Culture*, Edinburgh: Edinburgh University Press, 2009.

[3] Cockery, Daniel. *Synge and Anglo-Irish Literature*, Cork: Cork University Press, 1931.

[4] Costello, Peter. *The Heart Grown Brutal: The Irish Revolution in Literature from Parnell to the Death of Yeats, 1891–1939*, Dublin: Gill & MacMillan, 1978.

[5] Coult, Tony. *About Friel: The Playwright and the Work*, London: Faber and Faber, 2006.

[6] Dangarembega, Tsitsi. *Nervous Conditions*, London: The Women's Press, 1988.

[7] Etherton, Michael. *Contemporary Irish Dramatists*, New York: St. Martin's Press, 1989.

[8] Fanon, Frantz. *The Wretched of the Earth*, New York: Grove Press, 1963.

[9] Giddens, Anthony. *Modernity and Self Identity*, Cambridge: Polity Press, 1991.

[10] Glynn, Irial. *Irish Emigration History*, University of College Cork, 2012. https://www.ucc.ie/en/emigre/history/.

[11] Gregory, Lady Augusta Gregory. *Our Irish Theatre: A Chapter of Autobiography,* illustrated edition, Dodo Press, 2008.

[12] Harper, Marjory. ed., *Emigrant Homecomings: The Return Movement of Emigrants, 1600–2000*, Manchester: Manchester University Press, 2005.

[13] Higgins, Geraldine. *Brian Friel*, Horndon: Northcote House, 2010.

[14] Keane, John B. *Self-portrait*, Cork: The Mercier Press, 1964.

[15] Kearney, Richard. *Postnationalist Ireland: Politics, Literature, Philosophy,* London: Routledge, 1997.

[16] Kennedy, Liam. *Unhappy the Land: The Most Oppressed People Ever, the Irish?* , Kildare: Merrion Press, 2016.

[17] Kiberd, Declan. *The Irish Writer and the World*, Cambridge: Cambridge University Press, 2005.

[18] Knowles, Ric. *Theatre and Interculturalism*, London: Palgrave Macmillan, 2010.

[19] Kristeva, Julia. *Strangers to Ourselves*, trans. L.S. Roudiez. New York: Columbia University Press, 1991.

[20] Llewellyn-Jones, Margaret. *Contemporary Irish Drama and Cultural Identity*, Bristol: Intellect Books, 2002.

[21] Lonergan, Patrick. *Irish Drama and Theatre since 1950*, London: Methuen Drama, 2019.

[22] Lonergan, Patrick. *Theatre and Globalization: Irish Drama in the Celtic Tiger Era*, London: Palgrave Macmillan, 2008.

[23] Loyal, Steven. *Understanding Immigration in Ireland: State, Capital and Labour in a Global Age*, Manchester: Manchester University Press, 2011.

[24] Luppi, Fabio. *Fathers and Sons at the Abbey Theatre 1904–1938*, Irvine: Brown Walker, 2018.

[25] McGrath, Aoife. *Dance Theatre in Ireland: Revolutionary Moves*,

Basingstoke: Palgrave Macmillan, 2013.

[26] McIvor, Charlotte and Matthew Spangler, eds., *Staging Intercultural Ireland: New Plays and Practitioner Perspectives*. Cork: Cork University Press, 2014.

[27] McIvor, Charlotte. *Migration and Performance in Contemporary Ireland: Towards a New Interculturalism*, London: Palgrave Macmillan, 2016.

[28] Nagel, John. *Multiculturalism's Double Bind: Creating Inclusivity, Cosmopolitanism and Difference*, Farnham: Ashgate Publishing, 2009.

[29] O'Brien, George. *Brian Friel*, Dublin: Gill & Macmillan, 1989.

[30] O'Toole, Fintan. *Black Hole, Green Card*, Dublin: New Island Books, 1994.

[31] O'Toole, Fintan. *Critical Moments: Fintan O'Toole on Modern Irish Theatre*, Dublin: Carysfort Press, 2003.

[32] O'Toole, Fintan. *Enough is Enough: How to Build a New Republic*, London: Faber and Faber, 2010.

[33] O'Toole, Fintan. *Ex-Isle of Erin*, Dublin: New Island, 1997.

[34] Pine, Richard. *Brian Friel and Ireland's Drama*, London and New York: Routledge, 1990.

[35] Roche, Anthony. *Contemporary Irish Drama*, second edition, Palgrave MacMillan, 2009.

[36] Said, Edward. *After the Last Sky: Palestinian Lives*, 2nd edition, New York: Columbia University Press, 1999.

[37] Said, Edward. *Culture and Imperialism*, New York: Double Day, 1994.

[38] Said, Edward. *Reflections on Exile and Other Essays*, 2nd edition, Cambridge, MA: Harvard University Press, 2001.

[39] Salis, Loredana. *Stage Migrants: Representations of the Migrant*

Other in Modern Irish Drama, Newcastle upon Tyne: Cambridge Scholars Publishing, 2010.

[40] Singleton, Brian. *Masculinities and the Contemporary Irish Theatre*, London: Palgrave Macmillan, 2011.

[41] Sternlicht, Sanford. *Modern Irish Drama: W. B. Yeats to Marina Carr*, second edition, Syracuse: Syracuse University Press, 2010.

[42] Titley, Gavan, Aphra Kerr, and Rebecca King O'Rian, *Broadcasting in the New Ireland*: *Mapping and Envisioning Cultural Diversity*, Maynooth: National University of Ireland, 2010.

[43] Villar-Argáiz, Pilar. ed., *Literary Visions of Multicultural Ireland: The Immigrant in Contemporary Irish Literature*. Manchester: Manchester University Press, 2013.

[44] Ward, Patrick. *Exile, Emigration and Irish Writing*, Dublin: Irish Academic Press, 2002.

[45] 爱德华·萨义德.知识分子论［M］.单德兴译.北京：生活·读书·新知三联书店，2002.

[46] 李成坚.当代爱尔兰戏剧研究［M］.成都：四川人民出版社，2015.

[47] 李元.20世纪爱尔兰戏剧史［M］.北京：商务印书馆，2019.

[48] 罗伯特·基.爱尔兰史［M］.潘兴明译.上海：东方出版中心，2010.

三、文章、访谈、演讲、报告等

[1] Arrowsmith, Aidan. "'To Fly by Those Nets': Violence and Identity in Tom Murphy's *A Whistle in the Dark*", in *Irish University*

Review, 2004, vol. 34 (2), pp. 315–331.

[2] Bauman, Zygmunt. "Identity in the Globalising World", in Elliott, Anthony and Paul du Gay, eds., *Identity in Question*, Sage, 2009, pp. 1–12.

[3] Brady, Sara. "Introduction to Charlie O'Neill's *Hurl*", *in* McIvor and Spangler, eds., *Staging Intercultural Ireland: New Plays and Practitioner Perspectives*, pp. 85–87.

[4] Central Statistics Office and the Northern Ireland Statistics and Research Agency. *Census 2011: Ireland and Northern Ireland*, Cork and Belfast: CSO and NISRA, 2011.

[5] Citizens Information Board. https://www.citizensinformation.ie/en/returning_to_ireland/overview_of_returning_to_ireland.html.

[6] Clifford, James. "Diasporas", in *Cultural Anthropology*, 1994, vol. 9, No. 3, pp. 302–338.

[7] Conquergood, Dwight. "Storied Worlds and the Work of Teaching", in *Communication Education*, 1993, vol. 42, issue. 4, pp. 337–348.

[8] Corcoran, Mary P. "The Process of Migration and the Reinvention of Self: The Experiences of Returning Irish Emigrants", in *Éire-Ireland*, vol. 37, No. 1&2, Spring/Summer, 2002, pp. 175–191.

[9] Delanty, Gerard. "Beyond the Nation-state: National Identity and Citizenship in a Multicultural Society–a Response to Rex", in *Sociological Research Online*, 1996, vol. 1, issue 3, pp. 56–63.

[10] Edwards, Ruth Dudley. "Yes, so Ireland was occupied–get over it and look at how the invaders spared us a worse fate". *Belfast Telegraph,* 20 June 2016.

[11] Etienne, Anne and Thierry Dubost, "Introduction", in Anne Etienne and Thierry Dubost, eds., *Perspectives on Contemporary Irish Theatre*, Palgrave Macmillan, 2017, pp. 1–16.

[12] Fitzgerald, Garret. "Population Implications in Our Balanced Migration", https://www.irishtimes.com/opinion/population-implications-in-our-balanced-migration-1.27872.

[13] Friel, Brian. "In Interview with Des Hickey and Gus Smith", in Murray, Christopher. Ed., *Brian Friel Essays, Diaries, Interviews: 1964–1999*, London: Faber and Faber, 1999, pp. 47–50.

[14] Friel, Brian. "Self-Portrait: Brian Friel Talks about His Life and Work" (1971), in Delaney, Paul. ed., *Brian Friel in Conversation*, Ann Arbor: University of Michigan Press, 2000, pp. 99–108.

[15] Friel, Brian. "In Interview with Peter Lennon" (1964), in Murray, Christopher. ed., *Brian Friel Essays, Diaries, Interviews: 1964–1999*, London: Faberand Faber, 1999, pp. 1–3.

[16] Friel, Brian. "The Theatre of Hope and Despair", in Murray, Christopher. ed., *Brian Friel Essays, Diaries, Interviews: 1964–1999*, London: Faber and Faber, 1999, pp. 15–24.

[17] Gaelic Athletic Association, *Gaelic Athletic Association Official Guide*, Part I, Dublin: GAA Central Council, 2018.

[18] Gibbons, Luke. "Romanticism, Realism and Irish Cinema", in Rockett, Kevin, Luke Gibbons, and John Hill, eds., *Cinema and Ireland*, London: Routledge, 1988, pp. 194–257.

[19] Gleitman, Claire. "'I'll See You Yesterday': Brian Friel, Tom Murphy and the Captivating Past", in Holdsworth, Nadine and Mary Luckhurst, eds., *A Concise Companion to Contemporary British and Irish Drama*, Oxford: Blackwell Publishing, 2008, pp. 26–47.

[20] Gleitman, Claire. "Clever Blokes and Thick Lads: The Collapsing Tribe in Tom Murphy's *A Whistle in the Dark*", in *Modern Drama*, 1999, vol. 42 (3), pp. 315–325.

[21] Good, Thelma. "Cave Dwellers Review", https://reviewsgate. com/cave-dwellers-tour-to-23-march.

[22] Hamilton, Krista. "Krista Hamilton introduces 'The Loves of Cass McGuire'", Garage Theatre Monaghan. https://www.youtube.com/ watch?v=s5Nj-DRTXJI.

[23] Hickman, Mary J. "'Locating' the Irish Diaspora", in *Irish Journal of Sociology*, 2002, vol. 11: 2, pp. 8–26.

[24] Higgins, Michael D. "St. Patrick's Day Message", https:// www.thejournal.ie/a-st-patricks-day-message-from-the-president-382776- Mar2012/.

[25] Hughes, Declan. "Who The Hell Do We Think We Still Are? Reflections on Irish Theatre and Identity", in Jordan, Eamonn. ed., *Theatre Stuff: Critical Essays on Contemporary Irish Theatre*, Dublin: Carysfort Press, 2009, pp. 8–15.

[26] Irish Human Rights and Equality Commission, *Developing a National Action Plan Against Racism*, Dublin: IHREC, 2021.

[27] Kearney, A. T. "Measuring Globalisation: Who's Up, Who's Down?", in *Foreign Policy*, No. 134, Jan.-Feb. 2003, pp. 60–72.

[28] Kiberd, Declan, "Foreword: The Worlding of Irish Writing", in Pilar Villar-Argáiz, ed., *Literary Visions of Multicultural Ireland: The Immigrant in Contemporary Irish Literature*. Manchester: Manchester University Press, 2013, pp.vii–xvii.

[29] Kiberd, Declan. "Inventing Irelands", in *The Crane Bag*, vol. 8 (1), 1984, pp. 11–23.

[30] Kilroy, Thomas. "A Generation of Playwrights", in Jordan, Eamonn. ed., *Theatre Stuff: Critical Essays on Contemporary Irish Theatre*, pp. 1–7.

[31] King, Jason. "Black Saint Patrick: Irish Interculturalism in Theoretical Perspective and Theatre Practice", in Ondrej Pilny and Clare Wallace, eds., *Global Ireland: Irish Literatures for the New Millennium*. Prague: Litteraria Pragensia, 2007, pp. 45–57.

[32] King, Jason. "Interculturalism and Irish Theatre: The Portrayal of Immigrants on the Irish Stage", in *Irish Review*, Spring 2005, vol. 33, pp. 23–39.

[33] Leeney, Cathy. "Introduction", in *Emma Donoghue: Selected Plays*, pp. 5–19.

[34] Lenon, Peter. "Playwright of the Western World", in Delaney, Paul. ed., *Brian Friel in Conversation*, pp. 20–23.

[35] Lloyd, David. "Making Sense of the Dispersal", in *Irish Reporter*, 1994, 13:1, pp. 3–4.

[36] Mac Cormaic, Ruadhán. "Signs of new vitality in how film and drama treat immigrants", in *The Irish Times*, May 23rd, 2007. https://www.irishtimes.com/news/signs-of-new-vitality-in-how-film-and-drama-treat-immigrants-1.1207092.

[37] McIvor, Charlotte and Matthew Spangler, "Introduction to Donal O'Kelly's *The Cambria* (2005)", in McIvor and Spangler, eds., *Staging Intercultural Ireland: New Plays and Practitioner Perspectives*. Cork: Cork University Press, 2014, pp. 155–157.

[38] McIvor, Charlotte and Matthew Spangler. "Introduction: Inward Migration and Interculturalism in Contemporary Irish Theatre", in McIvor and Spangler, eds., *Staging Intercultural Ireland: New Plays and Practitioner Perspectives*, Cork: Cork University Press, 2014, pp. 1–27.

[39] McIvor, Charlotte. "Staging the 'New Irish': Interculturalism and the Future of the Post-Celtic Tiger Irish Theatre", in *Modern Drama*,

2011, vol. 54, no. 3, pp. 310–332.

[40] McIvor, Charlotte. "White Irish-born Male Playwrights and the Immigrant Experience Onstage", in Pilar Villar-Argáiz ed., *Literary Visions of Multicultural Ireland: The Immigrant in Contemporary Irish Literature*, pp. 37–63.

[41] Meaney, Helen. "*The Wake* review–response to hidden Irish histories is fuelled by fury", in *The Guardian*, July 1st 2016. https://www.theguardian.com/stage/2016/jul/01/the-wake-review-abbey-theatre-dublin.

[42] Murphy, Tom. "In Conversation with Michael Billington", in Grene, Nicholas. ed., *Talking about Tom Murphy*, Dublin: Carysfort Press, 2002, pp. 91–112.

[43] O'Toole, Fintan. "Introduction", in Tom Murphy, *Tom Murphy Plays: 4*, London: Methuen Drama, 1997, pp.ix–xiv.

[44] O'Toole, Fintan. "Introduction", in Tom Murphy, *Tom Murphy Plays: 2*, pp. ix–xiv.

[45] O'Toole, Fintan. "Irish Theatre: The State of the Art", in Jordan, Eamonn. ed., *Theatre Stuff: Critical Essays on Contemporary Irish Theatre*, Dublin: Carysfort Press, 2009, pp. 47–58.

[46] O'Toole, Fintan. "Introduction: Grace and Disgrace", in *Three Plays by Sebastian Barry*, pp. v–ix.

[47] Office of the Minister for Integration, *Migration Nation: Statement on Integration Strategy and Diversity Management*, Dublin: Office of the Minister for Integration, 2008.

[48] Peter Crawley, "Getting Back to Ritual", in *The Irish Times,* 2006 May 18th, https://www.irishtimes.com/culture/getting-back-to-ritual-1.1004665.

[49] Pine, Emilie. "The Homeward Journey: The Returning Emigrant in

Recent Irish Theatre", *Irish University Review,* 2008, vol. 38, no. 2, pp. 310–324.

[50] Pine, Richard. "Brian Friel and Contemporary Irish Drama", *Colby Quarterly*, vol. 27, issue 4, 1991, pp. 190–201.

[51] Piola, Catherine. "The Reform of Irish Citizenship", in *Nordic Irish Studies,* 2006, vol. 5(1), pp. 41–58.

[52] Polish Theatre Ireland. https://polishtheatre.wordpress.com/about-us/.

[53] Poulain, Alexandra. "'My Heart Untravelled': Tom Murphy's Plays of Homecoming", in *Études anglaises* 2003.2(56), pp. 185–193.

[54] Regan, Stephan, "Ireland's Field Day", in *History Workshop*, Spring, 1992, No. 33, pp. 25–37.

[55] Robinson, Mary. "Cherishing the Irish Diaspora" (1995), https://president.ie/en/media-library/speeches/cherishing-the-irish-diaspora.

[56] Robinson, Mary. "Speech made to the assembly" (1994), http://www.assembly.coe.int/nw/xml/Speeches/Speech-XML2HTML-EN.asp?SpeechID=183.

[57] Roche, Anthony. "Brian Friel and Tom Murphy: Forms of Exile", in Grene, Nicholas and Chris Morash, eds., *The Oxford Handbook of Modern Irish Theatre*, Oxford: Oxford University Press, 2016, pp. 322–336.

[58] Rustin, Michael. "Place and Time in Socialist Theory", in *Radical Philosophy*, 1987(47), pp. 30–36.

[59] Spangler, Matthew. "Introduction to Bisi Adigun's *Once Upon a Time & Not So Long Ago*", in McIvor and Spangler, eds., *Staging Intercultural Ireland: New Plays and Practitioner Perspectives*, pp. 197–199.

[60] The Arts Council, "New Policy on Cultural Diversity", https://www.artscouncil.ie/News/The-Arts-Council-announces-new-policy-on-cultural-diversity/.

[61] *The Irish Times.* "Returning to Ireland", https://www.irishtimes.com/life-and-style/abroad/returning-to-ireland.

[62] *The Sunday Times.* "Theatre Review", http://liamhalligan.ie/reviews—directing-work.html.

[63] Tóibín, Colm and Tom Murphy. "Interview with Tom Murphy", in *Bomb,* 2012, No. 120, pp. 44–51.

[64] Trotter, Mary. "Re-Imagining the Emigrant/Exile in Contemporary Irish Drama", in *Modern Drama*, 2003, vol. 46:1, pp. 35–53.

[65] Tucker, Amanda. "Strangers in a Strange Land?: the New Irish Multicultural Fiction", in Villar-Argáiz. Pilar. ed., *Literary Visions of Multicultural Ireland: The Immigrant in Contemporary Irish Literature*, pp. 50–63.

[66] Villar-Argáiz, Pillar. "Introduction: the Immigrant in Contemporary Irish Literature," in *Literary Visions of Multicultural Ireland: The Immigrant in Contemporary Irish Literature*, pp. 1–33.

[67] Walsh, Enda. "Foreword", in *Enda Walsh Plays: Two*, London: Oberon Books, 2011, pp. 5–7.

[68] White, Eva Roa. "'Who is Irish?': Roddy Doyle's hyphenated identities", in Pilar Villar-Argáiz. ed., *Literary Visions of Multicultural Ireland: The Immigrant in Contemporary Irish Literature*, pp. 95–107.

[69] Wyman, Mark. "Emigrants Returning: the Evolution of a Tradition", in Marjory Harper, ed., *Emigrant Homecomings: The Return Movement of Emigrants, 1600–2000*, pp. 16–31.

[70] 童明. 飞散 [J]. 外国文学，2004（6）: 52–59.

[71] 王宁. 流散文学与文化身份认同 [J]. 社会科学，2006（11）: 170–176.